밤의 행방

새소설

03

안보윤 장편소설

자음과모음

차례

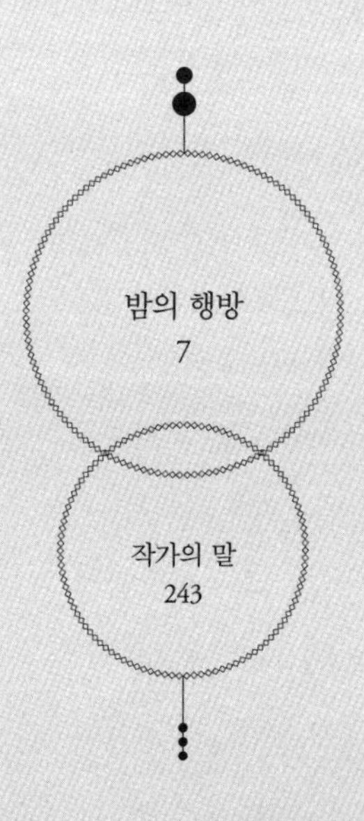

창밖이 소란했다. 진동이 더해진 굴착기 소음과 골목을 가로지르는 습기 찬 발소리 속에서 주혁은 눈을 떴다. 코끝이 시리고 목덜미가 찼다. 얼굴을 더듬자 찰흙 덩어리처럼 단단하게 굳은 귀가 만져졌다. 주혁은 귀를 주무르며 주위를 둘렀다. 천장 모서리마다 붙은 부적을 보니 누나의 집이 틀림없었다. 부적 주변이 거뭇한 것은 형광등이 터지면서 생긴 그을음 때문이었다. 사소한 실수로 인한 폭발이었으나 흔적은 오래도록, 여러 곳에 남았다. 천장 전체에 퍼진 거미줄 모양의 그을음은 해가 갈수록 오히려 선명해지고 있었다.

무슨 수로 돌아왔을까. 주혁은 잠시 의아해졌다. 지난밤 자신의 마지막 기억은 가리산 바위 숲 어딘가에 멈춰 있었다. 습윤한 새벽이었고 등산로에서 한참 벗어난 지점이었다. 수중에 있는 거라곤 초코볼이 가득 담긴 비닐봉지와 백동전 서너 개뿐이었는데, 어떻게 이곳으로 돌아왔는지가 전혀 기억에 없었다. 고속버스로 내리 세 시간을 달려 가리산에 도착했던 걸 떠올리면 쉽게 돌아올 수 있는 거리가 아니었다. 만취한 상태로는 더더욱.

질문을 거듭하는 대신 주혁은 손으로 몸 이곳저곳을 더듬고 주물렀다. 부러지거나 찢어지거나 터진 곳은 없는 모양이었다. 뭐, 그럼 됐지. 부르튼 발바닥을 문지르며 주혁이 중얼거렸다. 머리맡에 가지런히 놓인 운동화와 등판까지 흙투성이인 겉옷이 신경 쓰였지만 무시하기로 했다. 지워진 것에는 지워질 만한 이유가 있었을 것이다. 때로는 사라진 기억을 존중해줄 필요가 있었다.

그렇다고 해도, 그건 뭐였지?

주혁은 기억 속에 앞뒤 없이 떠 있는 장면 하나를 골똘히 들여다보았다. 찢어진 페이지처럼 돌출되어 있는 기억이었다. 사방이 흐릿했고 발목까지 어둠이 차올라 있었다. 해가 뜨고 있거나 지는 중인 듯했다. 거리는 죽어 있었다. 제대로 보이는 게 하나도 없음에도 그것만은 뚜렷이 느껴졌다. 체르노빌이나 폼페이에서 통째로 옮겨온 것처럼 낡고 서툰 죽음들이 거리에 빼곡했다. 주혁은 그 복판에 혼자 서 있었다. 기묘하게 구부러진 나뭇가지 하나를 손에 쥔 채.

—저기요.

진한 초콜릿색 가지는 잎이나 곁가지를 한 번도 틔워본 적 없다는 듯 결이 매끈했다. 단단함에 비해 무게가 없었다. 가지 끝에 띄엄띄엄 눌린 잇자국이 있었는데, 앞니가 시큰거리는 걸로 봐선 주혁이 깨물어본 모양이었다. 주혁은 구부러진 가지가 지금 제 손에 있기라도 한 듯 기억을 편편이 살폈다. 이게 대체 뭐지?

—저기요, 아저씨. 저 좀 보실래요?

주혁이 고개를 돌렸다. 건너편에서 앳된 목소리 하나가 말을 걸어오고 있었다. 정확히 말하자면 주방 싱크대 위, 물이 반쯤 채워진 목이 긴 화병에서였다. 뚜껑 열린 소주병이 그 옆에 나란히 놓여 있었다. 주혁은 영문을 모른 채 화병과 술병을 번갈아 보았다. 둘 중 어느 것도 사들인 기억이 없는 탓이었다.

—다른 게 아니라 제가 아직 미성년자라서요. 아니, 뭐, 미성년자인 게 확실한 건 아니지만 느낌상 그렇거든요. 그러니까 소주는 아저씨나 드시고, 전 깨끗한 생수가 좋겠어요. 마누카 꿀을 반 스푼 타주시면 피로가 좀 풀릴 것 같네요.

화병에 꽂힌, 기묘하게 구부러진 나뭇가지 하나가 종알종알 말을 이었다.

—솔직히 처음에는 아저씨가 절 소독하려고 소주를 부은 줄 알았거든요. 산자락 수풀에 꽂혀 있던 걸 뽑아왔으니 진드기 따위가 걱정될 만도 하죠. 이해해요. 그렇다 해도 몇 시간을 이대로 꽂아두는 건 너무 비인간적인 처사 아닌가요? 술 냄새가 얼마나 고약한데. 아아, 가까이 오지 말아요, 아저씨 몸에서도 끔찍한 냄새가 난단 말이에요.

나뭇가지가 가볍게 몸을 털었다.

아니, 그랬다고 주혁은 생각했다.

—주워진 주제에 별로 깐깐하게 굴고 싶진 않지만, 음, 이곳은 집이라고 하기엔 좀, 형편없네요.

주혁이 싱크대로 다가가 나뭇가지를 집어 들었다. 화병

안에 든 건 정말 소주였는지 알코올 향이 확 올라왔다. 손에 쥔 나뭇가지는 기억에서 본 것처럼 진한 초콜릿색이었다. 단단함에 비해 무게가 없었고, 잎이나 곁가지라곤 한 번도 틔워본 적 없다는 듯 결이 매끈했다. 가지 끝에 띄엄띄엄 눌린 잇자국까지 틀림없이 기억 속 그것이었다.

—마누카 꿀이 없다면 앵무새 설탕 한 조각도 괜찮아요.

나뭇가지가 천진한 목소리로 덧붙였다.

*

낡은 빌라 이층에 위치한 누나의 집은 제법 큼직한 거실에 벽장만 한 방 하나가 딸려 있었다. 원룸이라 부르기도, 투룸이라 정의하기도 어려운 구조였으나 집값에 비해 벽이 두껍고 수압이 좋았다. 누나는 살림살이를 몽땅 거실에 몰아놓고 방 안에 이불 한 채만 깔아두었다. 똑바로 누워 잠드는 것 외엔 아무것도 할 수 없는 방 크기 때문이었다. 빌라에 사는 사람들 대부분이 같은 선택을 했을 거라고 주혁은 생각했다. 가구 배치에 관한 한 어떤 고민도 필요치 않은 집이었다.

그럼에도 누나의 집은 여느 집과 명백히 달랐다. 거실

유리창에 '천지선녀'라고 써 붙인 빨간 코팅지부터가 그랬다. 자음 하나가 머리통만큼 큰 글자들을 바라보고 있자면 마음 한 켠이 음산한 형태로 술렁거렸다. 단어가 주는 위화감 때문인지 붉고 큰 글씨가 시야를 뒤덮어버릴 때의 불안감 때문인지 알 수 없었다. 한낮에는 글자 모양 그대로 길어진 그림자가 거실 바닥에 달라붙어 온 집안을 점령하다시피 했다. 주혁과 달리 주혁의 누나는 그것이 썩 마음에 드는 눈치였다.

—뭔가 계시 같지 않냐?

—뭐가?

—바로 여기서 이걸 해라, 딱 그런 느낌이잖아.

누나가 바닥에 새겨진 그림자를 손등으로, 팔뚝 위로 옮겨붙이며 말했다. 주혁은 한숨을 쉬었다. 주혁의 누나는 충동적으로 일을 저지를 때가 많았고 뒷수습은 대부분 주혁이 해야 했다. 연고도 없는 초라한 주택가에 대뜸 점집을 차린 누나는 딱 거기까지만 일을 했다. 이웃들에게 양해를 구하고 구청에 관련 서류를 내고 빨간 코팅지에서 궁서체로 된 글자들을 하나하나 오려내 창에 붙인 사람은 물론 주혁이었다.

무슨 기준으로 고른 건지 알 수 없는 동네는 그저 한산했다. 재래시장을 중심으로 빌라들이 주변을 에워싸고 있었으나 제대로 상권을 이루진 못했다. 작고 낡은 점포들 사이를 더 작고 더 낡은 노인들이 느리게 유영하고 있었다. 연식이 오래된 차들이 곳곳에 멈춰 있어 한낮의 동네는 박제된 것 같았다. 그나마 누나가 사는 빌라 앞에는 마을버스 정류장이 있어 출퇴근하는 사람들 소리가 간간이 번지곤 했다.

이곳에 집을 얻었을 당시 주혁의 누나는 깃대와 함께 커다란 깃발 하나를 주문했다. 노란 천 한가운데 붉은 글씨로 占(점)을 새겨 넣은 깃발이었다. 빌라 옥상에 꽂아둘 예정이었던 깃발은 슬그머니 사라졌다. 동네를 걷는 사람 누구도 위를 올려다보지 않기 때문이었다. 낮은 건물 낮은 시선 낮은 소음. 동네의 한산함은 여러 가지 낮은 것들로 인해 유지되고 있었다.

거실 한쪽 벽면을 차지하고 있는 삼층짜리 신단(神壇)은 언제 봐도 수상쩍었다. 점집이라면 으레 하나씩 있는 것인데도 누나의 것은 유난히 눈에 설고 조잡하게 느껴졌다. 마감재로 광택 바니시를 써 번들거리다 못해 번쩍이는 나무 표면 때문인지도 몰랐다.

신단이 설치되던 날 주혁은 철물점에서 수평측정기를 빌려다 몇 번이고 레이저를 쏘아보았다. 똑 떨어지게 수평이었다. 그러나 몇 걸음 떨어져 살펴보면 신단 왼쪽이 틀림없이 낮았다. 괜찮다니까. 주혁의 누나는 주혁이 유난하게 군다며 손사래를 쳤다. 시험 삼아 계란 한 알을 올려놓자 데굴데굴 굴러 왼쪽 모서리 아래로 떨어져 깨졌다. 주혁의 누나가 어깨를 으쓱하며 말했다.

—집이 기울어진 모양이네.

가리산으로 떠나기 전 주혁의 누나는 시범을 보이듯 마른 천으로 단 위를 닦았다. 그간 이런저런 것들이 흔적을 남겨 신단은 이제 수상쩍은 사연을 품은 불길한 고가구쯤으로 보였다.

—나 없는 동안에도 여기는 매일 닦아줘야 돼. 촛불 꺼지지 않게 잘 살피고.

신단 뒤편에 거미줄이 생기지 않게 주의하라면서도 살충제는 절대 뿌려선 안 된다고, 누나는 몇 번이고 주혁에게 당부했다.

—신령단에는 색이 다섯 개 이상 있는 물건을 올려선

안 돼. 매운 냄새가 나는 것도, 뜨거운 것도 안 돼. 너 저번 처럼 배달음식 여기다 올려놓으면 가만 안 둘 줄 알아. 혹시 뭘 공양하게 되면 방울로 먼저, 아니다, 넌 그냥 여길 건드리지 마. 먼지만 닦고 아무것도 건드리지 마.

주혁의 누나가 신단을 막아섰다. 부적사전을 들여다보며 서툴게 선을 따던 때와는 사뭇 다른 엄중한 표정이었다.

신단 꼭대기 층에는 입술을 새빨갛게 칠한 황금색 불상이 놓여 있었다. 두 번째 단에는 나무로 갑옷을 깎아 입힌 장군상과 도자기로 빚은 산신상이 나란히 놓였다. 제일 아랫단은 상당히 어수선해서, 황동그릇에 받친 과일과 날이 무딘 놋쇠가위, 쌀을 담은 항아리, 오색실을 꼬아 연결한 황색 방울 뭉치 따위가 놓여 있었다. 간혹 향을 꽂는 단지 옆에 가래떡 뭉치나 황태 한 축이 올라 있기도 했다. 그것들이 왜 거기 있는지 몰라도 뭔가가 늘 채워져 있는 걸 보면 어지간히 신경을 쓰는 모양이었다.

—저 중에 부처가 제일 높아? 왜 불상이 맨 위에 있어?

신단 꼭대기를 가리키며 주혁이 물었다.

—불상 머리통이 제일 크니까.

—뭐?

—그리고 저게 제일 비쌌어. 셋 중에.

반질반질하게 닳은 향로를 닦으며 누나가 대답했다.

주혁은 멀거니 단 위에 놓인 것들을 바라보았다. 크기도 생김새도 자세도 제각각이어서 불상은 앉아 있고 장군상은 서 있고 산신상은 모로 누워 있었다. 사이사이 세워둔 촛대 뒤편으로 그림자가 일렁였다. 주혁이 누나의 집에서 지내기로 한 기간은 꼭 백 일이었다. 떠돌이 생활을 하던 주혁에게 겨울을 보낼 수 있는 석 달의 기간은 상당히 중요했다. 그럼에도 찜찜한 기분이 사라지질 않았다.

—치성을 드리러 간다고?

—그래.

—백 일 동안이나 산속에서 기도를? 진짜로 하겠다고?

—그래.

—누나 사기잖아, 이거.

주혁의 누나가 사납게 눈을 흘겼다.

—누가 사기래?

—누나 신내림 받은 적 없잖아. 사주풀이도 인터넷으로 배웠으면서.

주혁이 고개를 저었다. 신단 배치 근거가 고작 머리통 크기에 비싼 순서라니. 그러고 보면 좌탁 옆 선반과 바닥에 쌓인 책자들 역시 주혁이 구해다 준 것이었다. 누나에게는 아는 역술인에게 얻었다고 했지만 실은 철학관 노인이 죽으며 폐지로 내놓은 걸 주워 왔을 뿐이었다. 누나는 책등에 쓰인 한자 제목조차 읽지 못했다. 폐지에 섞여 있던 낡은 벼루 역시 용 조각이 그럴듯하다는 이유만으로 탁자 위를 차지하고 있었다.

—이 바닥도 경쟁이 치열해서 웬만큼 해서는 계란 한 알 못 사 먹어. 부천에 봉신암 걔는 요즘 주식 공부 한다더라, 상승주 찍어준다고. 용천 대사는 성형외과랑 조인했대. 관상 보면서 취직하려면 어디, 사업하려면 어디어디 고치라고 찍어 보내면 병원에서 인센티브를 7프로씩 떼어준단다. 나는 그런 재주가 없으니 기도라도 해야지. 혹시 아냐? 백 일쯤 산골짜기에 처박혀 기도하면 잡귀신이라도 하나 붙어줄지.

—그래서 귀신 붙이러 산엘 가겠다고?

—그래.

—귀신이 있긴 하고? 아니, 누나가 귀신을 볼 수는 있고?

주혁의 누나가 향로를 닦던 마른 천을 내팽개쳤다.

—그럼 나더러 어쩌라고? 동네 마실 다니는 노인네들이나 상대하며 평생 살라는 거야? 노인네 화투점 봐주고

꼴랑 5천 원씩 받으면서?

—싫으면 다른 일을 해.

—그게 쉽냐? 누가 너더러 이전 삶 다 털어버리고 새로 시작하라면 넌 할 수 있겠어? 너, 요즘도 잠 못 자지? 가위눌림도 여전하고?

—…….

—남 일이라고 쉽게 말하는 거 아냐. 여기서 집이나 잘 지키고 있어. 내가 죽어라 기도해서 그럴싸한 귀신 하나 붙여 올 테니까.

주혁의 누나는 잘 싸맨 보따리를 들고(멀쩡한 캐리어가 있는데도 굳이) 백일기도에 나섰다. 주혁이 가스버너와 냄비, 봉지쌀과 참치캔이 담긴 포대를 지고 마지못해 따라나섰다. 고속버스에서 내린 뒤에도 구불구불한 시골길을 해가 저물 때까지 달려 꼬깔봉인지 꼬깔콘인지 하는 가리산 기도터에 누나를 데려다준 게 바로 어젯밤 일이었다. 숙소에 짐을 들이고 나니 사방이 캄캄했다. 날이 밝은 뒤 출발할 작정으로 주혁은 누나와 술을 나눠 마셨다. 예정대로라면 주혁은 지금 고속버스 안에서 숙취와 멀미에 시달리고 있어야 했다. 누나네 집 주방에서 나뭇가지를 노려보고 있는 것이 아니라.

*

—그래요, 뭐, 없을 수도 있죠. 마누카 꿀도 앵무새 설탕도 없는 불행한 찬장도 세상엔 있을 수 있어요.

구부러진 나뭇가지가 종알거렸다.

—정 그렇다면 마스코바도 설탕으로 참을게요. 설마 그건 있겠죠? 사탕수수를 뜯어 먹으며 살진 않을 거 아네요. 생김새가 좀 원시적이긴 하지만 흐음. 그러고 보니 차림새도 영. ……아저씨? 뭐죠, 그 싸구려 봉지는?

귀신한테도 당분이 필요한 모양이지. 주혁은 찬장에서 믹스커피 봉지를 꺼내 뜯었다. 원하는 대로 단 걸 먹이면 주절거리는 입을 틀어막을 수 있을까 싶어서였다. 커피 알갱이를 대충 골라내고, 흰 가루에서 프림 알갱이를 골라내려다 귀찮아져 그대로 화병에 부었다. 어쨌거나 설탕이니까. 가루를 붓자마자 나뭇가지가 꽥꽥대기 시작했다.

—어디서 이런 냄새나는 걸! 난 유당 분해가 안 되는 체질이라고요, 당장 치워요!

기도는 누나가 하러 갔는데 왜 귀신이 나한테 붙었지. 주혁은 한숨을 쉬었다. 어느 모로 보든 도움되는 구석이 하나도 없는 누나였다. 화병을 들고 싱크대에 거꾸로 털자 아얏 아얏! 떨어진 나뭇가지가 요란한 소리를 내며 개수대 안을 굴렀다.

이것은 무엇에 대한 얘기다. 더 정확히는 반. 언젠가 반이라고 불리게 될 철없는 꼬마에 대한 얘기다.

무엇에게도 탄생의 개념이 적용된다면 설명해두고 싶은 게 있다. 무엇은 본디 각각의 임무를 지고 필요한 만큼만 태어난다. 탄생의 계기는 사소하나 절대적이다. 무엇은 추로스와 닮은꼴을 하고 있다. 두께며 길이, 밀도가 놀이공원에서 아이들이 빨고 다니는 기다란 막대 과자와 유사하다. 노릇노릇하게 튀겨진 무엇들이 흰 쟁반 위에 가지런히 누워 있는 모습은 꽤 사랑스럽다. 성장 환경에 따라 거친 형태로 쪼개지거나 몽글몽글하고 부드러운 덩어리로 부풀거나 하지만 이때만큼은 모두 같은 모습이다. 올곧고 불투명하고, 지극히 현실적이다.

꼬마 반은 쉽게 말해 실패작이었다.

반은 거무튀튀한 색에 허리께가 엉망으로 구겨진 채 태어났다. 추로스보다는 가뭄에 말라 죽은 나무 넝쿨에 가까운 꼴이었다. 때문에 반은 쟁반에서 걸러졌다. 갓 태어난 무엇들을 펼쳐놓는 과정에서 제 몸의 요철을 감당 못해 바닥으로 굴러떨어진 것이었으나, 아무도 줍지 않았으므로 결과는 같았다.

바닥으로 떨어진 반은 눈도 못 뜬 채 굴러다니다가 하수구에 빠졌다. 오수의 흐름은 의외로 힘차서 반이 몸을 한 번 뒤집을 때마다 몇백 미터씩 떠밀려갔다. 폭우 때문에 배수관이 역류해 지하철역이 침수되지 않았다면 반은 그대로 바다까지 떠밀려갔을 것이다. 팔차선 도로 위로 솟구친 반은 상당히 복잡한 경로를 통해 가리산 바위틈에 꽂혀 있다가 주혁 손에 뽑혀 나왔다. 그리 흥미로운 전개는 아니니 생략한다.

(언젠가 얘기할 기회가 있을지도 모른다. 반이 어디를 떠돌아 누구와 만났는지, 반과 마주친 무수한 손들, 특히 앵무새 설탕에 대해서.)

반을 비난하려는 것이 아니다. 그 애의 철없음이 당연하다는 얘기를 하려는 것뿐이다. 반은 무엇이라면 마땅히 받아야 할 모종의 교육들을 전혀 받지 못한 채 세상에 던져졌다. 무엇이 성실한 수학자의 동반자이자 안내자라는 사실을 반은 먼 훗날 깨닫게 될 것이다. 자신의 몸이 무엇을 양분으로 성장하는지 반은 모른다. 해야 할 일과 해서는 안 될 일, 뱉어야 할 것과 삼켜야 할 것의 경계를 반은 모른다. 반은 자신의 정확한 이름도, 존재 이유도 모른 채 살아왔다. 그러니 반이 정령이니 수호신이니 사신이니 하는 경박한 단어들을 주워섬기더라도 당분간 참아줘야 한다는 말이다. 적어도 반이, 자신이 무엇인지 깨닫는 순간까지는.

―그러니까 내가, 수호신인 것 같다고요.

구부러진 나뭇가지가 으스대듯 말했다.

―어제 아저씨는 진짜 사람 꼴이 아니었거든요. 바위틈에 놓인 꼬마 동자 인형한테 밥 먹으라고 애걸복걸하고 초코볼을 까주고 넘어지고 구르고 세상에 그런 난리가. 내가 내려오는 길을 알려주지 않았음 아마 산에서 얼어 죽었을걸요? 절벽 어디로 떨어져 죽었든가요.

―그래서 니가 내 수호신이다?

―어제 못 느꼈어요? 아저씨가 나를 잡는 순간 파르륵 하고 전기가 통하던 거.

—정전기였겠지.

—산을 다 내려오고서도 아저씨가 도로로 뛰어드는 걸 내가 말렸다고요. 겨우 얻어 탄 차에서 내린 다음엔 또 어떻고요? 아저씨가 여기까지 무사히 온 게 누구 덕분일 거 같아요? 이게 다 아저씨 수호신인 내가 방향을 착착 잡아 줘서…….

—수신기 같은 건가?

—수호신이라니까요.

—뭐가 됐든 필요 없어. 귀신이 필요한 건 내가 아니라 누나라고.

—귀신이 아니라 수호신!

주혁은 신단을 닦고 있던 마른 천을 내려놓고 토치를 들었다. 불상 앞에 놓인 양초는 촛농 더께로 몸통이 배는 두꺼워져 있었다. 토치를 켜자 심지에 불꽃이 일렁이며 불상에 기괴한 그림자를 드리웠다. 자비로움과는 영 거리가 먼 얼굴이었다. 주혁은 이제라도 누나에게 저걸 갖다줘야 하나 고민했다. 잡귀를 바라고 간 백일치성이니 귀신 붙은 나뭇가지만큼 좋은 게 또 있을까. 싱크대에 던져놓았는데도 지치지 않고 빽빽대는 걸 보면 보통 질긴 게 아니었다.

문제는 누나가 돌아오게 되면 주혁이 지낼 곳이 사라져버린다는 것이었다. 그것도 한파가 유난한 일월 중순에.

주혁은 산신과 장군 앞에 놓인 양초에도 불을 붙였다. 불타오르는 것 같은 야비한 얼굴이 이제 셋으로 늘었다. 밥을 먹다 마주치면 입맛이 싹 달아날 것 같은 얼굴들이었다. 촛불이 만들어낸 기괴한 명암을 바라보던 주혁이 슬그머니 촛대를 뒤로 밀었다. 귀신 붙은 나뭇가지, 그러니까 결국 나무란 말이지.

—저 앞 화단에다 심어줄까?

싱크대를 향해 주혁이 물었고,

—저리 꺼져요!

구부러진 나뭇가지가 소리쳤다.

짐을 푸는 건 꾸리는 것만큼이나 간단했다. 몇 년째 이곳저곳을 떠돌며 살아온 상태라 딱히 짐이랄 것도 없었다. 주혁은 똑같은 디자인의 검은 셔츠 세 장과 똑같은 브랜드의 바지 두 벌, 비뚤어진 봉재선까지 똑같은 트렁크 팬티 다섯 장을 가방에서 끄집어냈다. 양말과 수건은 고시원 옥상 빨랫줄에 두고 왔다. 겉보기엔 괜찮았지만 간장 끓인 냄새 같은 것이 좀처럼 빠지질 않아서였다.

주혁은 서랍장 제일 아래 칸에 자신의 옷가지를 챙겨 넣었다. 각 칸마다 뒤엉켜 있는 누나의 양말과 수건을 골라내 세탁기에 넣고 돌렸다. 누나는 정리정돈과 거리가 먼 사람이었다. 예상치 못한 곳에 적절치 못한 형태로 놓인 물건들이 수도 없었다. 부모는 그런 누나를 평생에 걸쳐 한심해했다. 부모가 누나에게서 손을 떼는 과정은 지극히 자연스러웠다. 어린 시절에는 누나의 가방과 서랍 속을, 누나가 성장함에 따라 옷장과 방과 학교생활을 차례로 포기해나가는 식이었다. 누나가 성인이 되자 부모는 그녀의 이력과 인생 전체를 포기했다. 누나는 꾸준히 엉망이었고 부모는 일관성 있게 냉정했다.

주혁은 누나의 집 주방 찬장에서 튀어나오는 속옷이나 침대 옆에 던져진 젖은 우산 같은 것에 익숙했다. 그것에 익숙해지지도, 끝내 포기하지도 못한 사람은 영주였다.

영주는 누나 집에 들렀다가 종종 땀투성이가 되어 돌아오곤 했다. 갓김치를 나눠 주러 갔다가 냉장고 청소를, 도라지청을 나눠 주러 갔다가 베란다와 창고 정리를 해주고 오는 식이었다. 어느 날은 주혁에게 조용히 묻기도 했다.

—형님 말이야. 건강에는 정말 이상이 없는 거야?

—누나가 왜?

—알츠하이머 검사나 심리상담 같은 걸 해봐야 하지 않을까 싶어서. 지난번에 갖다준 표고버섯을 글쎄 옷장 서랍에 넣어두었더라고. 버섯은 이런 델 좋아하지 않아? 그러면서 말이야.

셔츠와 양말 함께 빠는 걸 질색하고 아기의류 전용세탁기를 따로 구매해 사용하던 영주가 누나를 이해할 리 없었다. 그러면서도 영주는 꾸준히 누나에게 연락을 하고 누나의 집에 찾아가 잔소리를 하고 팔을 걷어붙인 채 집안 곳곳을 청소했다. 때론 누나를 끌고 목욕탕에 가 네다섯 시간씩 돌아오지 않기도 했다.

영주였다면 지금 주혁이 땀으로 축축해진 양말을 이불 아래 쑤셔 넣는 걸 보고만 있지 않았을 것이다. 주혁은 서랍장 모서리를 괜히 만지작거렸다.

—좋아요. 이렇게 하죠.

구부러진 나뭇가지가 가볍게 혀를 찬 뒤 말했다.

—생명의 은인에게 뭘 해줘야 하나 당혹스러울 거란 거 알아요. 설탕 따위로 보답이 될까 겸연쩍고 가진 것 없는 스스로가 한심하게 느껴지겠죠. 보상에 대해선 차차 생각해보기로 하고, 일단 나를 싱크대 안에서 꺼내는 것부터

해볼까요? 이렇게 차고 습진 곳에 누워 있으면 건강에 안 좋거든요. 딱히 취향은 아니지만 아까, 그, 코르셋같이 생긴 싸구려 화병으로 참아볼게요.

—생명의 은인? 보상?

—노동에 대한 정당한 대가, 선의에 대한 충분한 보상은 사회를 풍요롭고 윤택하게 만들죠.

—상대방이 인정하지 않는 것에 대한 부당한 요구는 사회를 병들게 만들지.

—그럼 빨리 인정을 해요.

—기억 안 나.

—내가 기억한다니까요?

—널 어떻게 믿어? 귀신 붙은 나뭇가지까지는 백번 양보해 인정해주겠는데, 암만해도 네 말은 사기 같거든. 내가 술김에 무심코 널 집어 왔겠지. 아님 네가 무슨 수로 나를 그 산속에서 수십 킬로미터 떨어진 이곳까지 데려왔겠어? 여길 어떻게 알고?

—운명이니까요. 말했잖아요? 전기가 파르륵 오더라고. 내가 아저씨 수호신, 생명의 은인, 영혼의 파트너니까.

—그런 얼토당토않은 주장을 사기라고 하는 거야.

양초들이 타오르기 시작하자 공기가 금세 텁텁해졌다. 양초 겉면을 싼 금박과 자색 글자들이 불꽃을 튀기며 오그라들었다. 주혁은 환기를 시킬 셈으로 거실 창문을 열었다가 얼른 닫았다. 순식간에 불어닥친 찬 바람에 얼굴이 얼얼했다. 거대한 얼음 손바닥으로 코를 얻어맞은 듯한 기분이었다.

그러고 보니 라디오에서 이번 주 체감기온이 영하 20도니 30도니 떠들어댔던 게 떠올랐다. 이런 추위에 만취 상태로 산속에 있었다면 틀림없이 얼어 죽었을 것이다. 기도터 움막에 도착해 누나와 소주를 나눠 마시다 손바닥만한 보드카병 뚜껑을 따는 장면이 기억의 마지막이라는 점도 새삼 찜찜했다.

주혁이 망설이는 기색을 보이자 구부러진 나뭇가지가 얼른 말을 더했다.

—나는 관대하니까 한 번 더 양보해줄게요. 어차피 저 시원찮은 냉장고나 찬장에 뭐가 들었을 것 같지도 않고, 그쪽이, 흐음, 여유 있어 보이는 꼴은 솔직히 아니잖아요? 매일 올리고당 10밀리그램. 더 이상은 나도 양보 못 해요.

주혁이 화병을 집어다 탈탈 털었다. 수돗물로 몇 번 헹궈내고 싱크대 안에서 굴러다니는 나뭇가지도 꺼냈다. 꼬박꼬박 대꾸해주고 있는 자신이 한심하게 느껴진 탓이었다. 입씨름할 필요 없이 적당히 내다 버리면 그만인 것을. 소원이라면 코르셋에 꽉 끼워 버려주지, 떠벌이 잡귀 같으니라고. 주혁이 구부러진 나뭇가지를 화병에 밀어넣자마자 다시금 비명이 울렸다.

—거꾸로 넣었잖아! 그쪽은 내 머리라고요! 그것도 구분 못 해? 이 멍청한 인간아!

봉신암이 들어선 건 주혁이 양손에 틀어쥔 나뭇가지를 막 꺾어버리려던 참이었다. 한껏 과장된 각도로 솟은 주혁의 어깨를 봉신암이 흘긋 바라보았다. 너무 태연하게 들어서는 바람에 주혁은 그녀가 누구인지, 어떻게 현관문을 열고 들어온 건지 묻는 걸 잊고 말았다. 엉거주춤 선 주혁에게 봉신암이 물었다.

—선녀 동생?

—네?

—멧돼지같이 생겼다더니 지랑 똑같이 생겼구만. 너지? 그 재수 옴 붙은 인간이란 게. ……뭘 들고 혼자 난리야? 팔자 사납단 얘기만 들었지 미쳤단 소린 못 들었는데.

봉신암이 주혁 손에서 나뭇가지를 채갔다. 누구시죠?

주혁이 묻자 선녀는 어디 갔어? 하고 되물었다.

—기도하러, 백일치성 드리러 갔는데…….

—사짜 주제에 꼴값은.

구부러진 나뭇가지를 이리저리 뒤집어보던 봉신암이 얼굴을 일그러뜨렸다. 비웃느라 왼쪽 뺨만 씰룩인 건지, 얼굴 어딘가가 마비되어 그런 이상한 표정이 되어버린 건지 알 길이 없었다.

봉신암은 집 안 이곳저곳을 서성이며 모퉁이에 놓인 책장과 장식용 벼루 언저리를 살폈다. 부적 다발을 들고 킁킁 냄새를 맡기도 했다. 주혁의 누나가 있든 없든 돌아갈 생각은 없는 모양이었다. 주혁이 애매한 거리를 두고 뒤쫓자 봉신암이 퉁명스러운 목소리를 냈다.

—열심히 할 게 따로 있지, 귀신 뒤꽁무니를 쫓아서 어쩌려고? 우리랑 온천 여행이나 가자니까 이상한 고집을 부려갖고.

—그러게요. 같이 온천에 갔다면 나쁜 일이 적어도 며칠은 미뤄졌을 텐데요.

나뭇가지가 종알댔다. 정작 그걸 손에 쥔 봉신암은 모르는 눈치였다. 구부러진 나뭇가지가 한숨을 내쉬었다.

—동생분이 그렇게 된 건 유감이에요. 요즘 같은 때 연탄가스 중독이라니. 그보다 연탄난로가 아직도 존재한다는 사실이 더 신기하네요. 동생분은 그걸 어디서 구했을까요?

—연탄난로?

—뭐?

봉신암이 대번에 험악한 얼굴을 했다. 나뭇가지의 말을 주혁이 무심코 따라한 탓이었다.

—너 지금 뭐라 그랬어?

결이 거친 반 백발이 주혁 코앞까지 들이닥쳤다. 봉신암이 바짝 다가들자 생풀을 태우는 것처럼 비리고 매캐한 향이 확 번졌다. 봉신암 뒤편으로 신단이 놓여 있어 기괴하고 불온한 얼굴이 순식간에 넷으로 늘었다.

주혁은 봉신암의 서슬에 밀려 뒤로 물러섰다. 누나가 기도터에 오르며 툴툴대던 것이 떠올랐다. 생긴 것만 해도 나는 도무지 경쟁력이 없단 말이지. 봉신암은 애가 진짜 돌덩이같이 생겼다고. 카리스마 있지 광대며 턱이며 울퉁불퉁하지 눈도 쬐그만 게 쫙 찢어져서 누가 봐도 베테랑 점쟁이 낯짝이거든. 거기다 머리까지 벌써 백발이니 오죽 좋아? 성격은 또 어떻고. 알고 지낸 지가 이십 년인데 큰소리 한 번 내는 걸 못 봤어. 오죽하면 걔 별명이 부처님 가운데 토막일까. 단골들은 걔를 선사님, 선사님 하고 부른다니까.

부처님 가운데 토막이라던 봉신암이 왜 갑자기 화를 내며 달려드는 건지 모를 일이었다. 지금 뭐라 그랬어? 뭐라 그랬냐고! 주혁은 봉신암이 휘두르는 나뭇가지를 피해 몸을 이리저리 움직였다. 나뭇가지가 위협적이어서라기보다는 어쩐지 그래야 할 것 같아서였다.

—지금 같이 온천 안 가줬다고 화내는 건가요? 소용없어요, 그건 언제든 벌어질 일이었다고요. 죽겠다고 작정한 사람을 누가 말려요? 온천에 데려갔으면 화장실에서 목이라도 맸을걸요.

나뭇가지가 한껏 톤을 높여 종알댔다.

—넌 입 좀 다물어봐, 정신없어.

—뭐라고? 입을 다물어?

봉신암이 당장이라도 후려칠 듯 주혁 코앞에서 나뭇가지를 흔들어댔다. 안 그래도 좁은 집 안에 쉴 새 없이 떠들어대는 잡귀에 팔다리를 마구 휘두르는 봉신암까지 더해지니 숨이 막힐 지경이었다.

—그렇게 흔들지 마요! 멀미 난다고요! 동생이 자살한 걸 남들한테 화풀이해서 어쩌자는 거예요. 나는, 우웩, 나는 섬세한 존재라고요! 아저씨, 뭐 해요, 어서 나를 구하지 않고!

—동생이 자살했대?

—자살 아니야!

봉신암이 소리쳤다. 얼어붙은 바위 깨지는 소리 같은 것이 사방에 울렸다. 바닥으로 팽개쳐진 나뭇가지가 죽는 소리를 냈다. 멱살을 틀어쥐느라 오히려 양손이 묶인 봉신암을, 주혁이 가까스로 잡았다. 팔과 어깨를 누르자 두꺼운 겨울 외투가 푹 꺼지면서 앙상한 선이 드러났다. 보기보다 훨씬 왜소한 체구였다. 봉신암은 지치지 않고 몸을 뒤틀며 소리쳤다.

—니가 뭘 알아? 내 동생 얘길 어디서 들었어?

—전 아무것도 모르는데요.

—방금 그랬잖아, 연탄난로로 자살했다고! 니가 뭘 알아서!

—동생 일은 유감이라고 말했잖아요. 근데 자살이 아니라니, 왜 그렇게 말하는 거예요? 이번이 처음도 아니면서.

지하철 선로에 뛰어든 적도 있고 강원도 펜션에서 집단 자살을 시도한 적도 있고 이불에 불을 붙인 일도 있잖아요. 이건 누가 봐도 자살이죠.

—넌 입 좀 다물라니까!

—뭐라고? 이 미친 자식이 진짜!

주혁이 봉신암과 나뭇가지를 번갈아 보았다. 봉신암은 주혁을, 주혁만을 맹렬히 노려보고 있었다. 발치에 떨어진 나뭇가지 따위는 안중에도 없었다.

—뭐야. 설마 니 말 나한테만 들리는 거야?

—그런가 보네요. 것 봐요, 우린 영혼의 단짝이라니까. 이제 그만 인정해요. 그럼 맘이 편해진다고요. 저분도 동생이 자살했다는 걸 인정하면 맘이 편해질 텐데.

—누구랑 얘기하는 거야? 너 귀신 들렸어?

—아무래도 그런가 본데요.

주혁이 바닥에 나동그라진 나뭇가지를 주워 들었다. 구부러진 나뭇가지는 처음과 마찬가지로 결이 매끈하고, 단단함에 비해 무게가 없었다. 이것 때문에 나한테 붙었나? 가지 끝에 남은 자신의 잇자국을 문지르며 주혁이 한숨을 쉬었다.

—뭔지는 모르겠지만 정리를 좀 해보죠.

이마까지 새빨개진 봉신암을 자리에 앉히고 주혁은 화병에 나뭇가지를 꽂았다. 아까처럼 악을 쓰지 않는 걸 보니 잇자국 난 쪽이 머리 방향인 모양이었다. 아무리 술김이라도 남의 머리를 깨문 건 잘못이었다고, 주혁은 남몰래 자책했다.

—누나 친구분이시죠? 봉신암에서 그, 주식 찍어주신다는.

—됐고, 내 동생 일 어떻게 알았어? 아직 선녀도 모르는데 넌 뭘 어떻게 알고 나불대는 거야?

—정말인가요? 정말 동생분이 연탄난로로 자살을?

—자살 아니라니까!

—현실 부정과 회피는 어른스러운 태도가 아니에요. 누가 봐도 명백한 사실을 혼자 아니라고 우겨봤자 해결되는 게 없다고요.

—넌 조용히 좀 있어.

—너 지금 나 놀리냐? 선녀 동생이라고 봐줄 줄 알아?

—동생분 일은, 저기, 귀신한테 들었어요. 지금 저한테 잡귀 비슷한 게 붙었거든요. 뭔 보상을 해내라고 옆에서 얼마나 떠들어대는지. 혹시 귀신 떼는 법 아세요? 이게 세

상 시끄럽고 뻰뻰한 놈이라서 아주 죽겠거든요. 동생분 얘기도 그 잡귀가…….

—뭐라는데?

—네?

—그 귀신이 뭐라는데. 내 동생이…… 왜 죽었다는데?

—나야 모르죠.

—모른답니다.

—이 잡것들이!

봉신암이 벌떡 일어났다. 주혁을 노려보던 시선이 나뭇가지가 꽂혀 있는 화병으로 옮겨갔다. 봉신암의 형형한 눈빛에 나뭇가지가 다급히 외쳤다.

—나는 모르지만 유, 유서를 보면 알 거 아녜요, 왜 죽었는지!

—유서에 써 있다는데요.

—유서? 그딴 게 어딨어?

—있어요, 아줌마네 집에!

—있답니다.

—유서가 있다고?

봉신암의 눈이 아득해졌다.

—아줌마 가게 현관에 엄청 큰 돼지 있잖아요. 돼지가 갑옷 입고 삼지창 들고 서 있는 이상한 동상이요. 그 돼지가 밟고 있어요. 아줌마 동생이 편지지에 꼬박 다섯 장을 써서 거기 놔뒀다고요. 죽기 전에 아줌마네 들러서. 노란색 편지봉투에 넣은 유서를요.

주혁이 돼지 동상이 밟고 있는 유서에 대해 전했으나 봉신암은 가타부타 말이 없었다. 당장에 화병을 깨버리지 않는 걸로 봐선 봉신암에 돼지 동상이 있긴 있는 모양이었다.

주혁은 반신반의한 얼굴로 구부러진 나뭇가지와 봉신암을 번갈아 쳐다보았다. 천천히 기울어지던 햇빛이 툭 부러지듯 꺾였다. 바닥에 새겨진 글자가 사라졌다가 새로 돋아 일렁이길 반복했다. 나른한 정적과 햇빛만 보자면 더없이 평온해 보이는 오후였다.

—유서가.

한참 만에야 봉신암이 입을 열었다.

—그 애가 쓴 유서가, 있단 말이지…….

봉신암이 몸을 일으켰다. 움직임도 숨도 느리고 무거워, 내버려두면 몇 미터쯤은 거뜬히 가라앉을 것 같았다. 다리를 끌며 현관을 향해 걷는 봉신암을 주혁은 저도 모르게 손을 뻗어 부축했다. 돌아보는 얼굴이 가면처럼 건조했다.

—귀신점을 봤으면 값을 치러야지.

봉신암이 주머니를 뒤져 5만 원짜리 한 장을 내밀었다. 구김 없이 빳빳한, 향 냄새가 두껍게 배어 있는 돈이었다.

봉신암이 가버린 뒤 주혁은 한참을 현관 앞에 서 있었다. 꺼끌꺼끌한 상복에 밴 좀약 냄새와 생화가 시들어가는 냄새, 모서리부터 조금씩 쉬기 시작한 흰 떡 냄새가 그의 몸을 짓눌렀다. 곧게 피어오르는 향 냄새와 오래 끓여 곤죽이 된 육개장의 쓴 내는 아무리 시간이 지나도 섞이지 않았다. 제각기 정해진 구역이 있다는 듯 가닥가닥 선명하던 그 냄새들.

잿빛으로 굳은 주혁 뒤로 돌연 경쾌한 목소리가 울렸다.

—좋아요. 우리 거래를 다시 하죠.

구부러진 나뭇가지가 요란하게 몸을 떨었다. 착각만은 아니었는지 화병이 작은 소리를 냈다. 나뭇가지의 말에 박자를 맞추듯 차랑차랑, 정확하고 맑은 울림이었다.

—분명히 말했죠? 내가 아저씨 수호신이라고. 아저씨 목숨도 살려줘 돈도 벌게 해줘, 이만큼 완벽한 수호신이

어딨어요? 그러니까 마누카까진 아니더라도 아카시아 꿀 정도는 받아야겠어요. 나는 관대하니까 하루 한 스푼으로 봐줄게요.

우철은 못마땅한 얼굴로 앞에 앉은 남자를 바라보았다. 예정에 없던 일이었다. 원래대로라면 우철과 그의 아내는 지금 고속버스터미널 대기실에서 액상 멀미약을 짜 먹고 있어야 했다. 군밤을 한 줌 사거나 따뜻하게 데운 무화과 스콘을 커피와 함께 먹을 수도 있었다. 군밤은 아내의 취향이고 스콘은 우철의 취향이었지만 그것 때문에 다툼이 일어난 적은 없었다. 우철도 아내도 상대방에게 자신의 취향을 강요하지 않을 만큼 현명했기 때문이었다.

우철은 치의학과를 졸업했고, 수치와 통계, 정답에 익숙한 삶을 살아온 탓에 미신이나 종교처럼 불분명한 것들을 믿지 않았다. 플라시보 효과는 인정했으나 맹신과 비논리는 거북하게 느꼈다. 아내도 자신과 마찬가지일 거라고 믿으며 지금까지 살아왔는데. 우철은 낡고 비좁은 실내를 둘러보다 얼굴을 찌푸렸다. 싸구려 단에 불쑥 솟아 있는 불상 아래로 좌우대칭이 엉망이었다. 이런 어수선한 곳에 앉아 있는 아내의 무신경함이 놀라울 지경이었다.

물론 아내와 사소한 다툼 정도는 있어왔다. 종교와 관련한, 우철이 기억하기로 장모 때문에 벌어진 다툼이었다. 성지순례를 다녀오면서 장모는 손으로 깎아 만든 투박한 나무 십자가 두 개를 사가지고 왔다. 십자가에 매달린 예수가 당겨진 활시위처럼 팽팽하게 상체를 젖힌 모양으로, 거칠게 깎은 십자가와 달리 예수의 몸을 이룬 곡선이 눈에 띄게 날렵했다. 장모는 우철의 집 거실에 그것을 걸어두길 원했다. 우철은 못질할 자리를 가늠하는 대신 십자가를 이리저리 살피다 말했다.

—잘못 사셨네요.

—뭐?

—고증이 잘못된 걸 사셨다고요. 십자가에서 이렇게 수영선수처럼 몸을 뻗대고 있는 건 불가능해요. 중력이, 어

머니 중력이 뭔지는 아시죠? 중력이 몸을 아래로 잡아당기니까 이런 자세를 유지할 수가 없어요. 사실 십자가형이라는 게 장기전이거든요. 십자가에 사람을 매달면 중력 때문에 몸이 처지면서 서서히 질식하게 되는 게 기본 원리예요. 무거운 머리가 아래로 떨궈지면서 기도를 압박하는 거죠. 이렇게요. 그러니까 이 십자가처럼 예수가 고개를 똑바로 들고 있으면 안 됩니다. 이건 잘못됐어요.

신실한 크리스천이었던 장모는 입을 다물었고 대신 아내가 우철의 종아리를 걷어찼다.

—존중해줘.

아내는 그렇게 말했다.

—믿진 않더라도 최소한 존중 정도는 해줘.

존중이라. 우철은 까슬까슬하게 올라온 턱수염을 문질렀다. 그러니까 저딴 걸, 존중해달라고?

—이동수가, 흐음, 이동수가 있군요. 올해.

남자가 낡은 책을 뒤적이며 종이에 뭔가를 써내려갔다. 문자라기보다 문양에 가까운 것들로, 남자 스스로도 뭘 쓰고 있는지 모르는 듯했다. 규칙성이라곤 전혀 없는 문양들을 우철은 불만에 차 바라보았다. 불안정한 곡선과 어쩔 줄 몰라 일단 내리긋는다는 식의 직선이 벌써 종이 한가득이었다.

사십대 후반쯤 되었을까. 머리숱이 적고 눈 밑이 건조한 남자였다. 남자가 말할 때마다 언뜻언뜻 내보이는 치아는 관리되어 있다고 보기 힘들었다. 튀어나온 윗니와 너무 잘고 누런 아랫니가 어지럽게 흩어져 있었다. 우철은 남자의 재정 상태와 생활 습관 같은 것을 헤아려보았다. 스케일링은 최근 사 년간 단 한 번도 받지 않았을 테고, 그 말인즉슨 치석을 꼼꼼히 긁어낼 만큼의 경제적, 시간적, 심적 여유가 없다는 뜻이었다. 치아 뿌리가 누렇게 변색된 걸로 봐서 흡연가이거나 최근까지 담배를 피웠을 것이다. 자주색 잇몸은 남자의 몸 안을 순환하는 산소가 부족해 생기는 현상일 가능성이 컸다. 베란다나 빌라 층계참에 쭈그려 앉아 담배를 피우는 습관을 가진 남자는 쉽게 체온이 떨어지며 저혈압 증세 때문에 머리가 묵직하게 눌린 기분으로 하루를 보낼 것이다. 치아 상태나 건강에 대해서라면 우철은 남자보다 훨씬 더 정확하게 그의 과거와 현재, 미래를 맞출 자신이 있었다.

우철의 아내는 체내 산소량이 현저히 낮고 이가 누런

남자와 잘도 마주앉아 있었다. 두 사람 사이에 놓인 좌탁에 상체를 딱 붙인 채였다. 남자가 쓰는 글씨 안에 원하는 것이 들어가 있다는 듯 아내는 한 획도 놓치지 않고 남자의 움직임을 좇았다.

평소 미신이라면 혀를 차던 아내였다. 주역이나 신점뿐 아니라 종교를 대하는 태도 역시 마찬가지였다. 우리가 볼 수 없는 건 저들도 볼 수 없어. 아내는 그렇게 말하며 공평하게 그것들 전부를 무시했다. 아내에게 있어 장모의 종교는 오래된 습관에 불과했다. 누군가는 아침에 일어나 물 한 컵을 마시고 누군가는 집에 들어가기 전 현관에서 발을 크게 굴러 흙을 털어내는 것처럼, 장모는 일요일마다 교회에 가는 습관을 가진 것뿐이었다. 아내가 우철에게 요구했던 존중은 종교에 대한 존중이 아니라 장모에 대한 존중이었다.

그런데 신점이라니.

우철은 크게 헛기침을 하며 상체를 틀었다. 치아와 더불어 남자의 외양은 눈에 거슬리는 것투성이였다. 수염자국이 남아 있는 얼굴 역시 그랬다. 순박하고 어수룩한 얼굴이야말로 사기꾼에게 딱 맞는 인상 아닌가. 전혀 그렇게 생기지 않은, 설마 그럴 거라고 상상도 못 한 대상들이 꼭 '그런 일'을 저지르는 법이니까.

—이동수라는 게 꼭 이사만 말하는 건 아니고요. 직장에서 부서가 바뀐다든지 서류를 수정할 일이 생긴다든지 투자 목적으로 땅을 구입한다든지 하는 문서적인 것도 전부 여기에 들어가서…….

—우린 투자 계획 없습니다.

우철이 딱 잘라 말했다.

—어, 그 칠월이나 팔월에 건강상 문제가 좀 생기겠고…….

—여름이니까요. 폭염에 건강한 사람 있답니까.

—위가 약하시구나. 스트레스 받는 일이 많아서 체력적으로도 정신적으로도 한계에 다다라 있어요. 마음을 편히 가지셔야 합니다.

—그런 말은 나도 하겠습니다.

—에 또…… 가까운 사람과의 불화가 좀. 부부 사이가 나빠진다거나 자식하고의 관계가 틀어진다거나…….

—우리 애요? 우리 애랑?

우철의 아내가 불쑥 끼어들었다. 우철이 좌탁을 거칠게 두드렸다. 장식용 벼루니 책이니 하는 것들은 박제된 듯

꿈쩍 않는데 모나미 볼펜 하나만 경망스레 몸을 뒤척이다 바닥으로 떨어졌다.

—해야 할 말만 하십시오. 아무 말이나 내뱉지 말고, 우리에게 진짜 필요한 말만, 최대한 짧게.

*

—정말 거기 있을까?

우철의 아내가 불안한 얼굴로 물었다. 그러면서도 꼼꼼히 옷매무새를 살피고 마스카라를 덧바르고 신중하게 계산된 각도로 헤어롤을 말았다. 몇 년 사이 머리숱이 부쩍 적어져 정수리 부분이 휑했다. 두피를 감추기 위해 아내가 머리칼을 부풀리고 빗질을 하고 스프레이를 뿌리는 시간이 점점 길어지고 있었다. 반대로 우철의 머리칼은 두껍고 빼곡해져 이발한 지 이 주만 지나도 털모자를 쓴 것처럼 거대해졌다.

—몇 년을 못 만난 엄마가 갑자기 거지꼴로 찾아가면 애가 얼마나 놀라겠어. 추레한 꼴을 보면 도망가고 싶어질지도 모르잖아.

아내가 자조적인 어조로 말했다.

우철은 아내의 말에 애매한 표정을 지었다. 아이가 유괴 납치 감금된 게 틀림없다고 줄곧 믿어왔던 아내였다. 아이가 스스로의 의지로 도망칠 수 있다는 사실을, 아내는 아이가 사라진 지 오 년이 지나서야 비로소 인정하고 있었다. 아이가 남겨둔 편지와 텅 빈 통장 잔고를 보여줘도 줄곧 외면해왔던 사실이었다.

아이의 실종이 단순 가출 신고로 처리되었다는 사실을 안 아내는 경찰서로 찾아가 난동을 피웠다. 경찰이 수사를 하지 않는다면 직접 증거를 찾겠다면서 집 근처 상점들 CCTV며 주차된 차들 블랙박스를 구하러 다녔다. 아이가 사라졌다는 말에 주민들은 흔쾌히 자료를 내주었으나 어디를 뒤져봐도 '사건'으로 접수될 만한 장면은 나오지 않았다.

아이는 고작 17초의 기록을 남겼다. 편의점 앞을 지나가는 데 3초, 은행 앞 대로변에 주차되어 있던 차량 네 대를 스치는 데 5초, 횡단보도에서 휴대폰을 들여다보며 보행 신호를 기다리는 데 9초. 하나같이 태연하고 느슨한 걸음이었다. 저화질인 탓에 아이의 표정을 파악하기 어려웠으나 걸음걸이와 유사한 표정일 거라고 우철은 생각했다.

유순한 아이였다. 우철의 말에 토 한 번 단 적이 없었다. 무엇이든 부모에게 의견을 물어왔으므로 달리 금지 항목을 정해줄 필요도 없던 아이였다. 우철이 아이의 학업계획표를, 아내가 생활계획표와 식단표를 작성하면 아이는 그대로 따랐다. 때문에 아이가 사라지면서 남긴 17초의 기록은 우철에게 남다른 모멸감을 주었다. 그건 지금까지 우철에게 보였던 아이의 태도가 기만에 가까웠다는 일종의 고백에 가까웠다.

아내는 17초를 3분으로, 5분으로 늘려 종일 시청했다. 우철은 때로 그런 아내를 아이의 방으로 끌고 가 하나하나 짚어주고 싶었다. 아이는 이번 계절과 다음 계절 옷가지를 몽땅 챙겨갔다. 책장에 가지런히 도열되어 있던 책들은 듬성듬성 이가 빠졌고 CD장 한 칸이 통째로 비었다. 아이 생일에 선물한 고가의 헤드폰과 블루투스 스피커, 노트북은 물론 침대 맡에 늘 켜두던 천체 모양 무드등까지 아이는 빠짐없이 챙겨갔다. 화면 속 아이는 책가방 하나뿐이었는데 그럼 이 물건들은 다 어디로 갔겠느냐고, 아주 오랜 기간 야금야금 빼돌리지 않고서야 이게 가능하겠느냐고 아내에게 따지고 싶은 걸 우철은 필사적으로 참았다. 아이가 매일매일 짐을 빼돌리면서 자신들 앞에서는 더없이 유순한 표정을 연기했다는 사실이 참을 수 없이 분했다. 화면 속 아이는 언제고 고개를 돌려 우철을 향해 혀를 비죽 내밀 것만 같았다.

처음 목격 제보가 왔을 때 우철의 아내는 잠옷 차림으로 뛰어나갔다. 이후에는 밤이든 새벽이든 즉시 뛰어나갈 수 있도록 외출복을 입고 잤다. 현금이 잔뜩 든 지갑과 외투를 머리맡에 두고 양말을 신은 채로. 우철에게 은행에서 당장 현금으로 찾을 수 있는 돈이 얼마나 되는지 물은 뒤엔 대부업체 명함을 지갑 안에 넣어두었다. 아내가 기다리는 것은 아이의 전화이기도, 아이를 보았다는 목격 전화이기도, 몸값을 요구하는 납치범의 협박 전화이기도 했다.

그러나 제보의 절반 정도는 착각이었고 나머지 절반은 장난과 조롱과 사기의 경계 어디쯤에 있었다. 우철은 그토록 많은 사람들이, 아무 생각도 배려도 없이 악질적인 전화를 걸어올 수 있다는 사실에 놀랐다. 제보 전화는 드문드문 이어졌고 SNS에 실종자 찾기 글을 올린 주에는 폭발적으로 쏟아졌다.

우철의 아내는 불안에 떨며 뉴스를 봤다. 변사체나 익사체, 유기된 사체 같은 단어에 유독 예민해졌다. 화를 참지 못해 사람들과 다툼이 잦았는데, 전화를 걸어온 제보자들과의 싸움이 특히 심했다.

—우리 애가 어때 보이던가요, 무서워하지는 않았나요? 어디 다친 곳은 없고요? 누구한테 감시당하는 눈치는 없었어요? ……그럴 리가요. 우리 애가, 우리 애가 얼마나 순둥이에 겁이 많은데요. 지금도 나를 애타게 찾고 있을 텐데. ……웃어요? 우리 애가요? 행복해 보인다니, 사진보다 살도 찌고 행복해 보인다니 그게 무슨 말이죠? 뭐가 보기 안타까워 전화해준다는 거예요? 애를 찾지 말라고…… 자기 인생을 살게 내버려두라고? 이봐요! 우리 애는 그때 고작 열여덟 살이었어요! 니가 뭘 안다고 함부로 지껄여! 너 유괴범이지! 우리 애 데리고 있는 놈이 바로 너지! 뭐, 사례금? 내가 너한테 그걸 왜 줘, 이 미친놈아!

아내는 난생처음 겨울을 겪는 나뭇가지 같았다. 허공에 무방비하게 던져진 채 겨울을 견디다 봄이 오기 직전 스며든 물 무게를 감당 못 해 스스로 부러져버리는 불운한 가지. 우철은 아내의 등을 쓰다듬었다. 아내를 부러뜨리는 건 늘 좋은 소식이었다. 아이가 잘 살고 있다는 제보를 받는 날이면 아내는 싱크대에 손을 짚고 몸을 수그린 채 울었다. 그러고는 아이가 쓰던 그릇이나 텀블러 같은 것들을 씻고 또 씻었다.

우철은 아내보다 합리적이었다. 아내와 달리 우철은 아이가 편지에 써놓은 몇 개의 단어를 믿었다. 현금인출기에서 돈을 뽑던 아이가 CCTV를 향해 고개를 끄덕여 보이던 장면을 믿었다. 아이는 모자를 눌러쓰지도 마스크로 얼굴을 가리지도 않았다. 어깨를 움츠리거나 주위를 두리번대지도 않았다. 아이는 차분한 동작으로 돈을 챙겨 가방 안쪽에 밀어넣었다. 어떤 위험 징후도 읽을 수 없는 평범한 모습이었으므로 우철은 억측을 그만두었다. 그에게 익숙한 건 가시적인 현실이지 함부로 범람하는 상상의 세계가 아니었다.

그럼에도.

우철은 쓰게 입맛을 다셨다. 그럼에도 아내의 불안과 절망과 분노를 마주할 때면 저도 모르게 떠오르는 장면 하나가 있었다. 아이가 집을 나가기 한참 전의 기억이었다.

비가 내리는 밤이었다. 집 앞 편의점이었고, 우철은 리

모컨 건전지를 사러 나갔다가 아이와 아이의 친구를 보았다. 두 아이는 다정하게 머리를 맞대고 아이스크림을 고르고 있었다. 늦가을인 데다 비가 내려 기온이 찬데 아이들 주변 공기는 보송보송하고 따뜻해 보였다. 교복을 입은 작은 아이 둘이 마주서서 종알대는 모습은 심히 사랑스러웠다.

아이의 친구는 아이와 동갑이거나 아이보다 더 어려 보였다. 말간 얼굴에 조개 모양 귀를 가지고 있었다. 냉동고 안을 뒤적거리던 조개 모양 귀를 가진 아이가 아이스크림콘 하나를 꺼냈다. 우철도 익히 알고 있는 종류의 콘이었다. 콘 아래쪽을 잡고 장난스럽게 뱅뱅 돌리자 아이가 까르르 웃었다. 조개 모양 귀를 가진 아이가 웃고 있는 아이의 턱을 끌어다 제 앞에 두었다. 그러고는 아이스크림콘으로 곧장 아이의 코를 내리쳤다. 딱, 소리와 함께 코피가 흘렀다. 순식간에 벌어진 일이었다.

아이는 집으로 돌아와 한동안 횡설수설했다. 그 애는 누구냐는 질문에 어학원 선배라고 했다가 동아리 친구라고 했다가 옆 반 화학부장이라고 했다가 한참 호칭을 찾더니 결국 모르겠다고 했다. 모르겠다고. 조금 전의 행동이 괴롭힘인지 장난인지 실수인지도 모르겠다고 했다. 개는 뭐랬는데? 어처구니없어진 우철이 묻자 아이는 웃었어, 라고 말했다.

—날 보고 웃었어.

—그래서?

—그래서, 괜찮은 건가 했어. 웃는 걸 보니 괜찮은 건가 보다 싶어서, 그냥 나도 웃었어.

아이의 어학원 선배에 동아리 친구에 옆 반 화학부장인 조개 모양 귀를 가진 아이는 아이가 사라진 뒤 몇 번이나 우철의 집에 찾아왔었다.

—아직 아무 연락도 없나요? 너무 걱정이 돼서요.

우철을 올려다보는 눈과 둥근 콧방울이 더없이 순박했다. 그럼에도 우철은 제 손에 들린 전단지 뭉치로 그 코를 후려치고 싶은 충동에 시달렸다. 명징한 이유도 없이, 살면서 그토록 감정적이 된 건 처음이었다.

—돌아오면 제게도 꼭 알려주세요. 꼭, 진짜 꼭 전해야 할 말이 있어서 그래요.

조개 모양 귀를 만지작거리며 아이가 당부할 때에야 우철은 깨달았다. 어학원 선배에 동아리 친구에 옆 반 화학부장이지만 누구인지 잘 모르겠는 그 아이는 완벽한 타인에 불과하다는 사실을. 누구도 아닌, 무엇도 아닌 타인에게 아이가 자신의 행방을 일러줄 리 없었다. 나도 그냥 웃었어. 아이는 그렇게 말하며 우철 앞에서도 웃었다. 우철에게, 우철의 아내에게 별다른 말 없이 웃기만 했다.

제보자는 우철에게 메시지와 함께 두 장의 사진을 보내왔다. 하나는 기름 묻은 손으로 문지른 것처럼 화면이 온통 번져 있었고, 다른 하나는 형상이 또렷하고 색감마저 화려했다.

—아직 사람 찾으시나요?

제보자가 물었다.

—여기 경북 청송인데요. 청송시장 옛날 빵집에서 고로케 먹고 있는 걸 제가 봤어요. 이 사람 맞죠?

보라색 단발머리를 한 여자 옆모습이 메시지에 첨부되어 있었다. 걸어가면서 몰래 찍었는지 구도가 어설프고 인물이 심하게 번진 사진이었다. 여자 머리가 보라색인지 보라색 모자를 뒤집어쓰고 있는지조차 헷갈렸다. 여자는 양손을 턱 밑에 모으고 고개를 숙인 채였다. 제보자 말대로 고로케를 먹는 모양이었다. 여자 뒤편으로 시장 물건들이 어지럽게 널려 있었다. 사진만 봐서는 보라색 머리의 이목구비도 알아보기 힘들었다.

—더 잘 찍힌 거 보내드릴게요.

30초쯤 지난 뒤 새로운 사진이 도착했다.

—이게 그 여자가 먹던 고로케예요. 한 개에 천 원.

튀긴 빵에 채 썬 양배추와 오이와 당근이 잔뜩 끼워진, 케첩 범벅의 고로케가 깜짝 놀랄 화질로 찍혀 있었다. 우철은 휴대폰을 껐다.

그러나 다음 날 동이 트기도 전 우철은 청송행 고속버스 시간표를 검색하고 있었다. 보라색 머리가 자신의 아이든 아니든 눈으로 직접 확인해야 마음이 놓일 것 같았다. 오 년 동안 수없이 해왔던 헛짓이니 새삼스러울 것도 없었다. 우철의 아내 역시 당연하다는 듯 준비를 시작했다. 헤어롤을 말고 화사한 빛깔로 얼굴 곳곳을 칠했다. 일부러 백화점에서 구입한 캐시미어 코트와 가죽 장갑을 우철에게 꺼내주고 자신의 옷과 가방 역시 신경 써서 골랐다.

—누구랑 같이 있을지도 모르잖아.

우철의 아내는 이전의 제보들, 이를테면 아이가 쌍둥이로 보이는 아기들을 앞뒤로 메고 가더라는 제보나 방송에서 소개된 맛집에서 남편과 함께 단팥죽을 먹고 있더라는 제보를 내심 신경 쓰는 눈치였다. 어느 제보자는 자신의 집에 세 들어 살던 새댁이 실종자 전단에 있는 사진과 꼭 닮았다고 했다. 새댁. 아내는 메모지에 새댁이라는 단어를 끝도 없이 반복해 적었다.

청송으로 가는 고속버스는 90분 간격으로 있었다. 고속버스터미널로 가려면 우선 마을버스를 타고 지하철역으로 가야 했다. 제보자가 말한 청송 시장까지 왕복 아홉 시간이 넘는 긴 여정이었다. 우철은 아이 얼굴이 찍힌 전단지가 가득 든 가방 한 켠에 세면도구와 속옷을 끼워 넣었다. 우철의 아내가 립스틱과 구강청결제가 담긴 작은 파우치를 그 위에 얹었다.

우철과 우철의 아내는 부지런히 걸어 마을버스 정류장에 섰다. 낯선 지역에서 좌표도 없이 거리를 떠돌 생각을 하니 벌써부터 몸이 시렸다. 전단지를 받기 싫어 주머니에 손을 쑤셔 넣는 사람들과 노골적으로 귀찮아하는 상인들, 혹시 아이가 지나쳐 간 건 아닐까 온몸이 송곳처럼 예민해지는 순간들을 다시금 견뎌야 했다. 아이가 사라진 뒤 우철과 그의 아내는 너무 쉽게 무시당했고 너무 자주 조롱당했고 이 모든 걸 너무 오래 견뎌왔다.

—만날 수 있을까?

우철의 아내가 다시 물었다. 코끝이 파랗게 얼어 있었다. 아이가 거기 있을지 모른다는 기대보다 아이가 또 도망칠지 모른다는 공포가 아내를 짓누르는 듯했다. 아이가 사라진 뒤 아내의 얼굴은 더없이 정직해졌다. 불안과 절망, 공포 외에는 어떤 감정도 덧씌우지 않고 어떤 순간도 희망을 연기하지 않았다.

—내가 죽기 전에, 다시 볼 수는 있으려나?

우철의 아내가 도로 끝을 멍하니 바라보다 고개를 들었다. 낯선 곳으로 떨어져 나간 조각이 아이가 아니라 자신이라는 듯 새삼스러운 눈으로 주위를 둘러봤다. 빌라들이 길가에 서 있었다. 아주 오래전부터 그곳에 있었고 앞으로도 아주 오래 그곳에 있을 투박하고 낡은 빌라들이.

우철의 아내가 그것들 중 하나를 향해 걷기 시작했다. 좁은 도로 끝에 마을버스가 나타났으나 돌아오지 않았다. 빌라 시멘트 계단에 올라선 아내의 머리 위로 궁서체로 쓴 붉은 글자가 보였다. 천지선녀. 우철은 기가 막힌 얼굴로 아내와 글자들을 번갈아 보았다.

남자는 몹시 허둥대며 우철과 우철의 아내를 맞았다.

맞이했다기보다 그들의 앞을 가로막고 선 것에 가까웠지만 아내는 괘념치 않았다.

—여, 영업 안 합니다.

—문 열었잖아요.

아내가 현관에 주저앉아 종아리까지 올라오는 털 부츠를 벗기 시작했다. 우철은 빌라 외형만큼이나 낡고 너저분한 실내를 둘러보았다. 주인 취향을 가늠할 수 없는 잡동사니들이 그득했다. 기괴한 동상들이 즐비한 신단이야 그렇다 쳐도 광택이 유난한 철제 서랍장과 고목 그루터기를 본뜬 모양의 좌탁, 현관 쪽 벽을 차지하고 있는 세계지도가 무슨 맥락에서 함께 있는지 이해할 수 없었다. 게다가 신단 옆에는 소매 끝에 색동을 넣은 저고리와 샛노란 치마, 금박 자수를 넣은 화려한 당의가 곱게 다림질되어 걸려 있었다.

우철은 앞에 선 남자와 노란 치마저고리를 번갈아 보았다. 선녀라는 이름을 꼭 여자만 쓰라는 법은 없지만 이건 너무. 우철은 순간적으로 떠오른 장면에 진저리를 쳤다. 장군이든 선녀든 이름 붙이기 나름이지, 라고 생각하면서도 우철은 남자가 혹시 선녀 목소리 비슷한 것을 낼까 봐 경계했다.

—궁금한 게 있어서 왔어요.

—제가 알려드릴 수 없는 부분일 겁니다.

—그렇게 말씀하지 마시고요. 하나만 알면 돼요, 저희는.

남자는 이제 적극적으로 우철의 아내를 밀어내고 있었다.

—점 안 봅니다, 안 봐요.

—선녀님이라면서요.

—누가요?

—딱 하나만 말해주면 되니까.

우철은 남자와 실랑이하던 아내가 좌탁 위 얇은 화병을 넘어뜨리는 걸 어쩐지 먼 기분으로 바라보았다. 이파리 하나 없는 나뭇가지를 왜 화병에 꽂아둔 걸까. 시선 닿는 곳마다 이해할 수 없는 것투성이였다. 그러나 이 집 안에 있는 어떤 물건도 제대로 된 이유나 의미가 붙어 있을 것 같진 않았다.

막무가내로 자리에 앉으려는 아내와 허공에서 팔만 허우적대고 있는 남자를 바라보며 우철은 넘어진 화병을 잡았다. 물도 채우지 않은 빈 화병이었다. 화병을 바로 세우고 튕겨 나간 나뭇가지를 주웠다. 매끈하고 단단한, 몹시 가벼운 나뭇가지. 저릿한 느낌과 함께 나뭇가지가 손바닥에 착 달라붙었다. 이상한 기분이었다. 그것은 논리나 통계나 과학적 수치로 증명할 수 없는, 우철이 평소 잘 쓰지 않는 기묘한 단어들의 총합에 가까웠다.

문득 조용해진 느낌에 우철은 고개를 들었다. 아내는 좌탁 앞에 무사히 안착한 모양이었다. 그리고 남자. 남자가 우철이 쥔 나뭇가지를 골똘히 들여다보고 있었다.

—할 말이, 있을 것도 같군요.

남자가 입을 열었다.

*

—그러니까 해야 할 말만 하십시오. 아무 말이나 내뱉지 말고, 우리에게 진짜 필요한 말만, 최대한 짧게.

—만날 수 있어요.

남자는 대뜸 그렇게 답했다.

—만납니다, 만날 거예요.

진부하고 사기성 짙은 말들이 오간 뒤라 우철은 귀 기울이지 않았다. 거짓이어도 상관없는지 금세 환해진 얼굴의 아내가 끼어들었다.

—만난다고요? 언제요?

—여름.

—여름?

—네, 여름. 다들 반팔을 입고 있다고 하니까 여름이겠죠.

—요번 여름 말인가요?

—그럴 겁니다. 아저씨 모습이 크게 안 변했다고 하니까요. 지금처럼 아수라 같은 얼굴로, 흠, 흐음, 뭐 좀 찡그린 얼굴로 거기 있답니다. 머리카락이 지금보다 길다네요. 밤송이처럼 뻗쳐 있고.

—저이 머리칼이 원래 그래요. 우리 애는요?

—따님은 거기서…….

—네, 네! 딸이에요!

—따님이 와서 아주머니……를 끌어안는다고 해요. 울면서요.

—운다고? 왜요?

—감정이 복받쳐서겠죠. ……여러 의미로.

—우리 애는 건강한가요? 표정은 어때요? 다친 곳은 없고요?

—건강하답니다. 얼굴이 둥글고 통통하다고. 어깨까지 닿는 머리카락이 절반은 검은색, 절반은 보라색이라고.

뭐? 제대로 본 거야? 흐음. 네, 그렇답니다. 보라색 머리를 하고 온대요. 눈이 부은 걸 빼면 건강해 보인답니다. 병원 지하, 아니, 병원 입구에 남편도 있다는군요.

—역시 결혼을…… 그런데 왜 병원에 있죠?

—따님은 아주 건강하답니다. 표정도 차림새도 좋아 보인대요. 곧, 이제 곧 만난답니다.

우철의 아내가 울음을 터뜨렸다.

우철은 무표정한 얼굴로 남자를 바라보았다. 남자의 말이 사실이라면 고로케를 찍어 보낸 제보자의 사진 속 보라색 단발머리가 정말 그들의 아이라는 뜻이었다. 그런 걸 맞출 수도 있나? 볼 수 있는 건가? 우리가 볼 수 없는 건 저들도 볼 수 없어. 딱 부러지게 말해왔던 아내는 지금 남자의 손을 붙들고 울고 있었다.

남자가 할 말이 남았다는 듯 우철을 향해 입을 벙긋댔다.

—잠시 저랑, 얘기 좀 하시죠. 꼭 해야 할 말이 있습니다.

조개 모양 귀를 가진 아이가 떠올라 목덜미가 서늘해졌다. 비밀을 품은 입 모양 같은 건 불쾌했다. 은밀히 건네야 하는 말의 종류란 변명이나 거짓말일 게 뻔했다. 아이가 돌아오게 하려면 굿을 해야 한다든가 액운이 끼어 있으니 당장 부적을 써야 한다든가 하는 터무니없는 말로 돈을 요구하겠지. 무속인의 사기 행각이라면 뉴스에서 질리도록 봐왔다. 우철은 팔짱을 끼고 상체를 뒤로 물렸다. 잠시나마 남자의 말을 믿은 자신이 한심해 견딜 수 없었다.

—따님은 건강합니다. 하지만 아내분이.

화장이 잔뜩 번진 얼굴로 우철의 아내가 화장실에 가자 남자가 빠르게 말을 이었다.

—아내분이 죽습니다. 여름에, 교통사고로.

이것 보라지. 우철이 피식 웃었다. 이따위 걸 존중해달라고?

창문으로 해가 스며들면서 거실 바닥에 그림자가 고였다. '천지선녀.' 글자들이 만들어낸 그림자를 우철은 힘주어 밟고 일어섰다. 나무 탁자 위에 지폐 몇 장을 내동댕이치듯 던져둔 다음의 일이었다.

—하나도 믿지 않는 눈치였어요.

—그랬지.

—아저씨가 말을 대충해서 그렇잖아요. 그럴듯하게 말했어야죠.

—내가 본 것도 아닌데 뭘 그럴듯하게 말해?

—내가 봤잖아요.

—대체 뭘 본 건데?

나뭇가지가 입을 꾹 닫았다. 구부러진 부분이 자물쇠처럼 철컥 잠기는 느낌이었다. 아까 전과 똑같은, 마른 나뭇가지일 뿐인데 자꾸 표정이나 행동들이 눈에 보이는 것만 같아 주혁은 고개를 흔들었다. 귀신에 홀린다는 게 이런 건가. 나뭇가지에서 불현듯 목소리가 들리고, 표정이 읽히다가 차츰차츰 눈 코 입이 보이고, 그게 사람처럼 변한 다음에는…….

—그 아저씨가 날 잡았잖아요.

시무룩한 목소리가 주혁의 망상을 멈췄다.

—손이 닿자마자 보였어요. 장례식장이. 간판도 봤어요, 사랑병원 장례식장. 옆으로 엄청 긴 하얀 건물이었어요. 입구에 항아리 두 개가 놓여 있었는데 거기 사람들이 잔뜩 모여 담배를 피우고 있더라고요. 요즘은 드물잖아요? 그렇게 대로변에 서서 단체로 담배를 피우는 건.

—사랑병원? 전철역 앞에 있는 병원 말이야?

—나야 모르죠. 텔레비전 채널 돌아가는 것처럼 화면이 툭툭 바뀌었거든요. 웬 창고 같은 곳에 아까 그 아저씨가 서 있었어요. 얼굴을 험상궂게 찡그린 채 상복을 입고서. 아줌마는 흰 탁자 위에 누워 있었는데, 보자마자 알겠던데요. 죽었구나, 하고.

—근데 왜 교통사고라고 한 거야?

—머리 뒤쪽이 푹 꺼졌더라고요. 몸도 엉망이고. 사람이 그 정도로 망가지는 일은 교통사고나 추락사고밖에 없

잖아요? 그곳에 아줌마를 끌어안고 우는 여자가 있었어요. 늦어서 미안해. 너무 늦게 와서 미안해 엄마. 목이 다 쉬어서 다른 말은 잘 들리지도 않았어요. 아주 오래 울었을 거예요. 아저씨 아까 그 여자 얼굴이 통통하고 둥글다고, 좋아 보인다고 거짓말했죠?

—…….

—이런 얘길 다 했다면 그 아저씨가 믿었을까요?

—글쎄.

—근데 좀 이해 안 가는 게 있어요. 아저씨랑 딸 말고도 아줌마 주변에 사람이 많았거든요. 빙 둘러서서 아줌마를 들여다보고 있더라고요. 이미 죽은 사람을.

—창고 같은 데에서 사람들이 죽은 사람을 들여다봤다고?

—그렇다니까요. 다들 새까만 옷을 입고서요.

—……염습할 때 고인을 한 번 만나볼 수 있어.

타인의 옷을 입고 낯선 공간으로 들어가 한때 가장 친밀했던, 이제는 한없이 생경해진 이를 만나는 마지막 절차. 주혁이 팔뚝을 세게 문질렀다. 그조차 허락되지 않았던 어느 날의 기억 때문이었다.

주혁은 자신과 영주 앞을 가로막던 무수한 팔들을 떠올렸다. 보지 않으시는 게 좋습니다. 훼손 상태가 워낙 심각해서. 신원을 확인하는 것조차 현재로서는 어렵고. 자욱한 탄내와 너무 많은 것들이 새카맣게 졸아든 그곳에서 주혁이 조우한 것은 무엇도 아니었다. 사람이라고, 한때 어엿한 사람이었다고 말하기에는 너무 작은 몸. 몸이라고 부르기도 미안한 그저 한 줌의 잿더미.

—안 보는 게 낫지 않아요? 특히나 사고로 죽은 경우에는. 나는 잠깐 봤는데도 끔찍했어요. 무서웠다고요.

—끔찍하고 무서운 모습이라도 봐둬야지. 진짜 마지막이니까. 다신 만날 기회가 없는 거니까.

주혁이 점퍼를 꺼내 털었다. 여러 번 문질러 빨았는데도 소맷부리와 팔꿈치에 흙 얼룩이 남아 있었다. 주혁은 점퍼를 입고 지퍼를 목까지 채운 뒤 주머니에 손을 넣었다.

남자는 노골적으로 의심하는 기색을 내비쳤다. 주혁과 이야기하는 내내 남자는 억세게 지른 팔짱을 한 번도 풀지 않았다. 무뚝뚝한 입매와 돌출된 아래턱이 고집스러움을 더했다. 강력한 보호구로 몸을 감싼 것처럼 남자는 주혁의 말을 고스란히 튕겨냈다.

—뭘 봤습니까?

남자가 물었다.

—우린 이미 너무 많은 목격자를 만나왔습니다. 모든 사람이 내 딸을 알고 모든 사람이 내 딸을 봤다더군요. 우리 집을 제외한 세상 모든 곳에서, 우리 둘을 제외한 세상 모든 이에게 딸이 목격되었습니다. 그런데 이제는 죽음을 목격했다는 말까지 들어야 합니까? 게다가 이번엔 내 아내라고요? 하. 우리는 아이를 잃어버린 부모이지 바보천치가 아닙니다.

—하지만 분명히 봤다고…….

—내가 볼 수 없는 건 당신도 볼 수 없어요. 이런 터무니없는 말을 존중해줄 생각은 손톱만큼도 없습니다.

남자는 아내와 돌아가기 전 주혁에게 돈을 지불했다. 폐를 끼친 대가 정도로 해두죠. 남자가 조소와 함께 덧붙였다. 어쨌거나 아내가 당신의 시간을 빼앗은 건 사실이니까요.

주혁은 후회했으나 그것이 무엇에 대한 후회인지 알 수 없었다. 나뭇가지가 본 것은 순간적인 장면에 불과했다. 날짜를 안다면, 사고가 난 장소를 봤다면 기꺼이 알려주었을 것이다. 남자가 듣지 않으려 하면 뒤를 쫓아서라도 알렸을 것이다. 그럼 사고를 막고 남자의 아내는 죽지 않고 너무 늦지 않게 돌아온 딸과 만날 수 있었을까. 그 고집스러운 남자가 팔짱을 풀고 비뚤어진 입매를 풀고 딸을 끌어안기 위해 달려가는 모습을 볼 수 있었을까.

아니. 그럴 리 없다. 사고란 건 그렇게 쉽게 피할 수 있는 게 아니었다. 누구도 예상치 못한 곳에서, 터무니없이 사소한 이유로 터져버리는 사고를 인간이 무슨 수로 피할 수 있을까.

주혁은 영화에서 본 화려하고 긴장감 넘치는 장면들을 하나도 믿지 않았다. 폭발 3초 전 해체된 시한폭탄이라든가 낭떠러지 직전에 멈춰 선 브레이크가 고장 난 차, 다리 위 불타고 있는 기차에서 강으로 뛰어내려 거뜬히 헤엄쳐 나오는 사람처럼 허황된 것들. 기적 같은 순간이 존재할 수도 있다고 믿게 만드는 정교하고 오만한 거짓들.

기적은 없다.

남자의 아내는 사고로 죽을 것이다.

보라색 머리를 한 딸은 뒤늦게 돌아와 울부짖는 것 외엔 아무것도 할 수 없을 것이다. 주혁이 그랬던 것처럼 너무 늦게.

너무나 무기력하게.

—어디 가요?

주혁은 신발 끈을 오래도록 조였다. 주머니에 라이터를 챙기고 남자가 낸 돈도 챙겼다. 남자의 경멸 어린 시선을 1초라도 빨리 떨쳐버리고 싶었다.

—어디 가요? 어디 가는데요?

구부러진 나뭇가지가 연거푸 물었다. 작은 방울이 출랑대는 것처럼 주위가 순식간에 소란해졌다.

—……설탕 사러.

—설탕 말고 꿀이요! 천연 꿀! 설탕물로 채취한 거 말고 진꿀로! 내 말 알아들었어요? 모르겠음 그냥 제일 비싼 걸 사와요!

—인간이란 믿을 게 못 된다니, 그거 나 들으라고 하는 소리야?

남자는 현관을 등진 채 신단 아래 쪼그려 앉아 있었다. 강연이 집 안에 들어선 걸 눈치채지 못한 모양이었다. 도로 나가서 현관문을 두드려야 하나. 강연은 잠시 고민하다 신발을 벗었다. 어쨌거나 이곳은 영업집이었고 문이 열려 있는 이상 누구나 들어올 수 있었다.

실내에 있는 가구들의 조합은 최악이었다. 거실 한 면을 차지하고 있는 신단은 마감이 엉성하고 표면이 번들거렸다. 게다가 묘하게 왼쪽으로 기울어 있어 발바닥이 스

멀거릴 정도로 보기 불편했다. 철제 서랍장은 제법 가격을 주었겠으나 세련되지 못한 구형이었다. 그런 물건을 그루터기 형태로 가공한 원목 무늬 탁자와 함께 두다니. 다시금 가구들을 살펴본 뒤 강연은 확신했다. 일관성 없이 오직 우연에 의해서만 조합된 가구들. 이곳에 있는 것은 반드시 한 번씩은 쓸모없음을 선고받았을 중고 물품들이 분명했다. 그러니까 이곳은 낡은 물건들의 종착지이자 버려진 물건들의 무덤인 셈이었다.

남자는 바닥에 쏟아진 것을 치우느라 분주했다. 젖은 휴지 뭉치가 그의 발 옆에 수북이 쌓여 있었다. 남자는 휴지를 새로 뜯어 바닥을 훔치고 또 훔쳤다. 저기요. 강연이 입을 떼려는데 남자가 퉁명스레 말을 뱉었다.

—그래, 내가 나쁜 놈이다.

강연은 반사적으로 주위를 둘렀다. 좌탁 한 개와 얇은 방석 두 개. 남자의 곁에 있는 건 그게 전부였다. 남자 머리 위로 늘어선 기괴한 동상들이 남자의 대화 상대일 것 같지는 않았다.

—뭔 놈의 꿀 종류가 그렇게 많아. 성분? 그딴 걸 따져 뭐 하게? 그냥 단맛만 나면 되는 거 아냐. 그러는 너도 며

칠간 잘만 먹었잖아. 싸구려면 어때서 이 난리람. 나뭇가지 주제에 까다롭기는. ……그래그래, 애초에 인간을 믿은 네 잘못이지. 인간만큼 치사하고 이기적이고 비겁한 종자가 또 어디 있다고 함부로 믿고 그래?

—그런가요?

남자가 화들짝 놀라 주저앉았다. 남자 몸에 가려 보이지 않던 화병이 서슬에 밀려 기울었다. 초콜릿색 나뭇가지 하나가 꽂혀 있는, 얇고 목이 긴 화병이었다. 강연은 화병이 휴지 뭉텅이 옆으로 넘어지는 모습과 보기와 달리 민첩한 움직임으로 화병을 잡아채는 남자를 별다른 감흥 없이 바라보다 다시 물었다.

—인간이란 게 원래 그렇게 다, 치사하고 이기적이고 비겁하고 그런 겁니까? 진짜 다들 그래요?

*

그런가요. 제가 유년기에 복이 있었군요.

아뇨, 그랬던 것도 같습니다. 별다른 일 없이 이 나이까지 무사히 살아남았으면 그게 복이죠. 부모에게 학대당하거나 이웃에게 살해당하지 않고, 학교에서 따돌림당하지도 않고, 아르바이트하는 곳에서 가스통이 폭발해 몸이 산산조각 나지도 않았으니 운이 좋았네요. 요즘 같은 세상엔 운도 복이죠. 그럼요.

……원래 비관적인 성격은 아닙니다. 낙천적인 성격이라고도 말 못 하겠네요. 선택지가 그렇게 두 개뿐인가요? 아뇨, 야박해서요. 제 인생에 놓인 선택지들은 왜 이렇게 다 초라하고 편협한 건지 이해가 되질 않습니다. 제가 딱히 잘못 살아온 것 같지도 않은데 말이에요.

저는, 네, 뭐, 평범하게 살았습니다. 일하다 말고 회사에서 뛰쳐나와 이런 데서 넋두리나 해야 할 만큼 막막한 삶은 아니었어요. 적어도 지금까지는요. 모르죠, 각도가 미세하게, 아주 미세하게 비틀어지는 순간이 어딘가 있었을지도.

활을 쏴보신 적 있습니까? 아뇨, 활이요, 양궁 시합을 본 적은 있으시죠? 예를 들면 이런 겁니다. 양궁 선수가 활시위를 놓을 때 아주 약간, 0.5도도 되지 않는 미세한 각도로 손가락을 비트는 거예요. 처음엔 인식하기도 어려울 정도의 비틀림이지만 30미터, 50미터, 70미터를 나아가면 완전히 치우쳐 생각지도 못한 곳에 화살이 박히게 됩니다. 아마추어라면 깨닫지도 못할 만큼 미약한 비틀림 때문에요.

제 인생이 지금 그렇습니다. 최초의 사소한 선택이, 선택이라고 말하기도 민망한 그 보잘것없는 순간들이 제 인생을 엉망으로 비틀어놓고 있습니다. 하지만 이제 와서 그걸 깨닫는다고 한들 뭐가 달라집니까? 자아성찰? 그거 다 개소리예요. 내가 누군지, 내가 어떤 인간인지, 내가 뭘 했는지 깨달아서 그걸로 뭘 어쩌게요? 평생 자책이나 하며 살란 소린가요? 미세한 비틀림을 찾아냈다고 해서 화살을 쏘기 전으로 되돌릴 수 있는 것도 아니잖아요. 아뇨, 아닙니다, 전 지금 지극히 평온한데요. 목소리가 커지고 말이 빨라졌다고 다 흥분 상태인 건 아니잖습니까. 그런 단적인 걸로, 그런 뻔한 잣대로 절 진단하지 마세요. 저는 남들이 상상하는 것보다 훨씬 복잡하고 섬세한 사람이란 말입니다.

사람들과의 관계가 원만치 않다……. 제 사주에 진짜 그렇게 나오나요? 큰 고비요? 있었죠, 네, 엄청난 고비가. 근데 고비라는 건 넘기고 나면 평지가 나온다는 뜻인가요? 끝이 있긴 있다는 거예요? ……단체 생활 자체가 힘들었던 건 아니에요. 사람들이 무리를 지으면 무례한 사람과 엉뚱한 사람과 예민한 사람이 꼭 끼어 있잖아요. 저 사람은 그냥 저런 사람이구나, 하고 넘길 수 있을 만큼 무던한 성격이었다고 생각합니다. 적어도 지금 회사에 들어오기 전까지 제가 문제를 일으킨 적은 없었어요. 참다운 주변인이었죠.

주변인이 뭐냐고요? 최고점과 최하점이 있다면 그 사이에 있는 무수한 중간 점수가 있잖습니까. 그거랑 비슷해요. 식당에 가서 음식을 맛보고 맹렬히 욕하는 사람과 열렬히 칭송하는 사람이 있다면, 그냥 이런 맛인가 보다 하고 지나가는 사람. 길거리에서 싸움이 나면 적극적으로 말리진 않지만 나 몰라라 내빼지도 않는, 병풍 역할에 충실한 주변인. 저는 그게 체질이었습니다.

목이 마른데 혹시 마실 거 없을까요? 보리차든 생수든 아무거나 괜찮습니다. 네? 꿀? 꿀물이요? 네, 뭐…… 그러세요.

지금 회사엔 인턴으로 고용되었습니다. 규모가 제법 큰 가구 회사라 저처럼 일 년 계약으로 고용된 인턴사원이 열두 명이나 됐어요. 여직원이 세 명, 남직원이 아홉 명이었습니다. 인턴 기간이 끝나면 전원 정규직으로 전환해준다고 했고, 실제로 그렇게 입사한 선배들이 대부분이었어요. 좋은 곳에 취직했다고 우리는 서로를 축하하고 격려했습니다. 경쟁 관계가 아니라 입사 동기로 서로를 인식한 만큼, 인턴사원끼리 유난히 돈독하고 정다웠고요.

동기 중 여직원이 세 명뿐이다 보니 우리는 막냇동생 대하듯 여직원들을 위해주었습니다. 돌아가며 여직원들 출퇴근을 도와주고 회식이 끝난 뒤엔 그녀들이 집에 들어가 불을 켜는 것까지 확인한 뒤에야 각자 집으로 돌아갔어요. 우리가 우월하다거나 그녀들보다 더 안전하다고 생각해서가 아닙니다. 그냥 그게 신사적인 일이라고 생각했어요. 매너나 배려, 뭐 그런 거요. 내가 당신들이 생각하는 것보다 조금 더 좋은 사람이라고 강조하고 싶을 때 할 법한 행동이랄까요. 우리는 서로에게 좋은 모습만을 보이려 애썼습니다. 어쩌면 평생 동료로서 살아가야 할 사람들이었으니까요.

저는 입사 성적이 좋았습니다. 처음부터 전략기획실에 배속되었는데, 다른 인턴들이 여러 부서를 돌며 적응기를 갖는 동안 저는 기획실에 전속되어 본격적으로 일을 배웠어요. 회사의 중추 부서인 만큼 거의 매일이 야근이었지만 보람은 있었습니다. 딱히 불만도 없었고요. 회식이 잦고 상사들이 무례한 거야 뭐, 아까 말씀드렸잖아요. 어느 무리든 무례한, 엉뚱한, 예민한 사람들이 섞여 있다고.

시작은 아주 사소했습니다.

—너네 팀장, 좀 이상하지 않아?

그렇게 말해온 사람은 주연 누나였어요. 입사 동기 중 나이가 제일 많은 여직원이었습니다. 그래봤자 두세 살 차이였지만요. 주연 누나는 다른 회사에서 이 년 정도 일하다 옮겨온 터라 동기라기보다는 선배 같을 때가 많았습니다. 눈이 밝고 주변 상황에 예민했죠. 회사에서 그녀는 아주 신뢰할 만한 사람이었습니다. 그날도 전체 회식이 새벽 2시가 되어서야 끝났습니다. 주연 누나를 집에 데려다주는데 제 팔을 꽉 잡더니 갑자기 그러더라고요. 우리 팀장이 이상하다고.

—이상해? 뭐가?

—널 좀 이상하게 만져.

만진다고? 저는 깜짝 놀랐습니다. 만지다, 라는 단어가 굉장히 불온하게 들렸거든요. 팀장은 제스처가 강한 사람이라 회의를 할 때도 손동작이 많고 독대를 할 때 상대를 주먹으로 툭툭 지르거나 어깨를 두드리는 일이 잦았습니다. 저는 그걸 친근감의 표현이라고 생각했지 '만지다'라는 어떤 행위로 정의될 거라곤 생각지 못했어요.

—아까 노래 주점에서 말야. 강연이 너 엉덩이에 맥주가 묻었다고 털어줬잖아? 근데 보통 그렇게까지 하나? 본인이 닦으면 그만인데 남의 엉덩이를 그렇게까지 만져대냐고.

—팀장님이 술을 쏟았으니까 미안해서 그랬겠지.

—그게 실수로 쏟은 건지 일부러 쏟고 네 엉덩일 만진 건지 어떻게 알아? 너, 조심해. 팀장이 너 대하는 게 영 수상쩍어.

조심해. 주연 누나는 몇 번이나 그렇게 말하며 집으로 들어갔습니다. 이상한 느낌이었습니다. 조심하라니, 팀장이 만져대는 걸 조심하라니. 그런 경고는 보통 우리가, 그러니까 아홉 명이나 되는 우리 남직원들이 여직원에게 하는 전용 문구 비슷한 것이었으니까요.

위화감은 느꼈지만 대수롭지 않게 생각했습니다. 솔직히 일이 너무 바빴고, 팀장이 유난하거나 이상한 사람이라는 인상은 받지 못했거든요. 팀장은 수완이 좋고 일에 대한 자부심이 큰 사람이었습니다. 무슨 일이든 거침없이 목소리를 내고 행동했어요. 저돌적인 사람이니 당연히 남의 입장을 헤아린다든가 신중하게 말을 고른다든가 하는 지점은 없었습니다. 하지만 상사에게 이상적인 인간상을 바랄 순 없잖아요. 애초에 회사라는 게 서로를 배려하고 위로해주기 위한 집단은 아니잖습니까? 이익집단. 명백한 이익집단이죠.

뚜렷하게 경계선을 긋고 있는 파티션 안에 있으면 이건 각개전투구나, 하는 생각이 드는 겁니다. 싸움에서 이기면 좀 더 넓은 책상으로 진출하는 거고 싸움에서 지면 뭐, 책상을 뺏기는 거죠. 견디기 힘들었냐고요? 견디고 말고 할 게 어디 있어요. 그건 제게 가장 익숙한 환경인데요. 학생 시절에도, 취업 준비생 시절에도 저는 늘 그 파티션 안에 있었습니다.

전략기획실에서 제가 하는 일이라곤 기본 업무 정도였지만 저는 잘해내고 싶었습니다. 상사들에게 인정받는 유능한 인재가 되고 싶었어요. 매일 야근을 강요당해도 괜찮았습니다. 직장인 대부분이 그러고 사니까요. 오히려 집에 전화를 걸어 야근이야, 라고 말할 때의 온당한 피로감이 좋았습니다. 제가 비로소 사회인이 된 것 같은, 사회 중

심축의 절묘한 조각이 된 것 같은 기분이었어요.

일주일쯤 연속된 야근으로 하루 수면 시간이 세 시간이 채 안 될 때였습니다. 몽롱한 정신으로 탕비실에서 커피를 내리려는데 주연 누나가 뛰어 들어오더군요.

—너 미쳤니?

누나는 다짜고짜 제 등짝을 때렸습니다.

—엘리베이터 앞에서 그게 무슨 꼴이야? 너 정말 미쳤어?

—엘리베이터? 내가 뭘?

—팀장이 니 뒤에 딱 붙어서 어깨 주물럭거리는 거 내가 다 봤어. 어깨뿐이야? 등허리며 팔뚝이며 사정없이 만져대던데 그걸 왜 가만히 있어? 너 그거 성희롱이야!

—계속 야근이라 피곤하다니까 어깨 풀어주신 거야.

—그렇게 한참을? 엘리베이터가 왔는데 타지도 않고?

—인턴 시절에 뭘 공부해야 되는지 조언도 해주실 겸 해서.

—이 순해빠진 애를 어쩜 좋아. 너 이럴까 봐 내가 조심하라고 말했잖아. 팀장 저거 상습범이야. 상대방이 좀 둔하다 싶음 찰싹 달라붙어서 떨어지질 않는다고. 내가 너

볼 때마다 얼마나 기함을 했는지 알아? 저번에 너 회의 자료 카피 뜨고 있을 때 팀장이 도와줬지? 뒤에서 끌어안고 부비적거리는데 넌 맹꽁이같이 웃고만 있고, 응?

—어?

—사람 좋은 거랑 만만하게 여겨지는 거랑은 다른 거야. 이강연 너 정신 차려. 성희롱이 여자들한테만 벌어지는 일인 거 같아? 팀장이 회식 때마다 너 옆에 끼고 뺨 비비고 손깍지 끼고 유난 떠는 거, 그거 다 고소감이야.

—어? 그런 일이 있었어?

비로소 이상하다는 생각이 들었습니다. 주연 누나 얘길 듣다 보니까 정말 그렇게까지 했었나 싶은 게. 백허그니 손깍지니 뺨 비비기니, 상황과 떼어놓고 보면 수상쩍은 행동이 한두 개가 아니더라고요. 팀장은 호쾌하고 능력 있는 상사였지만 술 마실 때는 역시 무례했고, 사무실에서도 과하다 싶은 순간이 분명 있었습니다. 누나 말마따나 내가 너무 경계심 없이 굴었나 불안해지더군요.

—정신 똑똑히 차려. 무슨 일 있음 바로 얘기하고. 알았어? 팀장이 또 몹쓸 짓 하면 내가 어떻게든 도와줄 테니까.

주먹까지 불끈 쥐어 보이며 탕비실에서 나가는 주연 누

나가 믿음직해 보였습니다. 우리가 말뿐인 동기가 아니었구나, 진짜 나를 위하고 걱정해주는구나 감격스럽기까지 했고요. 혹시 주연 누나가 나를 좋아해서 저렇게까지 하는 건가 간지럽기도 했어요. 어쨌든 팀장을 조심해야겠다고 마음먹었고,

실제로도 조심했습니다.

팀장이 말을 걸어오면 뒤로 물러나고, 자리에 앉아 있다가도 팀장이 어깨에 손을 걸치거나 몸을 기대면 벌떡 일어났어요. 술 마실 때는 당연히 테이블 반대편 끝에 앉았습니다. 한번 의식하기 시작하니 걷잡을 수가 없더군요. 회의하다 눈이 마주치는 순간조차 가슴이 두근거리고 불안해지는 겁니다. 팀장의 사소한 행동 하나하나가 전부 외설스럽고 불순하게 느껴지기 시작했으니까요.

옆에 선 저를 부를 때 팀장은 옆구리를 건드렸는데 간결하게 툭 치는 게 아니라 아래로 슬쩍 미끄러뜨리곤 했어요. 잘했다고 칭찬해줄 때는 엉덩이 아래쪽을 툭툭, 몇 번이고 두드렸습니다. 강연 씨 취미가 수영이라더니 몸이 좋네. 그렇게 말하며 흉배를 집요하게 문질러댔고요. 회의 내용을 제대로 기록해놓지 않았다고 허벅지를 꽉 눌렀

던 적이 있는데 그 손이 유난히 뜨겁기도 했습니다. 팀장이 저를 부르기 전에 눈을 가늘게 뜨고 바라보는 것도, 제가 타준 커피를 마실 때마다 후우 후우 숨을 쏟는 것도 죄다 껄끄러웠습니다.

저는 팀장을 피하면서 수시로 주위를 둘러보았습니다. 어디선가 주연 누나가 지켜보고 있을 것 같았고, 실제로 눈을 돌리면 누나가 팀장과 저를 빤히 쳐다보고 있었어요. 저는 보란 듯이, 누나에게 보여주기 위해서라도 더 힘껏 선을 긋고 팀장을 피했습니다.

거기까지만 했으면 이 지경까진 안 됐을까요.

……네? 꿀이요? ……괜찮은 것 같은데요. 달고, 뭐, 아주 답니다. 설탕 맛이 느껴지는지는 모르겠는데요. 꿀이나 설탕이나 비슷한 거 아닙니까? 둘 다 단맛에, 달고, 그렇죠.

한 달에 한 번씩 우리는 동기 모임을 가졌습니다. 몇 무리로 나눠 주에 두세 번 따로 만나기도 했고요. 말씀드렸죠, 우리는 정말 돈독하고 정겨운 사이였다고. 소소한 동기 모임은 계속 있었는데 제가 나가질 못했어요. 전략기획실은 야근의 연속이었으니까요. 두어 달 만에 시즌 프로젝트가 마무리되면서 동기 모임에 나갔는데, 저를 보는 눈빛들이 상당히 이상했습니다. 유난히 저를 챙겨주고 떠받들어주고 그러면서도 동정 어린 시선으로 흘금거리고.

—강연아. 니 얘기 다 들었다.

어느 정도 술이 오르자 누군가의 입이 열렸습니다.

—군대에서도 안 당한 꼴을 여기 와서 당하냐. 재수도 없지.

—강연이가 여리여리하고 예쁘장하게 생겼잖아. 순진하고 강아지처럼 사람 잘 따르고. 팀장 그 자식이 보는 눈은 있어가지고.

—그걸 말이라고 하냐? 나 같았음 팀장 꽐라됐을 때 잡아다 흠씬 두들겨 팼다. 저번 회식 땐 블루스 같이 추자고 끌고 나가서 아랫도리 비벼대고 별 지랄을 다 했다며? 더러운 새끼 진짜.

온몸이 불타는 것 같았습니다. 그들이 '다 들었다'며 늘어놓는 제 얘기들이 끔찍하고 수치스러워서요. 그렇게까지였나, 팀장이 그렇게까지 했던가, 머릿속이 빙글빙글 돌더군요. 다만 확실하게 드는 한 가지 감정은, 그들이 입을 좀 다물어줬으면 하는 거였습니다. 저를 걱정해준답시고 떠들어대는 그 입들을 좀.

—괜찮아, 강연아.

옆에 앉은 주연 누나가 제 어깨를 꽉 끌어안았습니다.

—넌 아무것도 잘못한 거 없으니까 당당하게 있어. 아무한테도 얘기 안 하고 혼자 삭히면 다음엔 진짜 감당할 수 없는 일이 생기는 거야. 내가 다 알아서 할게. 넌 걱정하지 마.

……혼란스러웠습니다. 갑자기 모든 게 다 헷갈리기 시작했어요.

팀장이 진짜 악의적인 마음을 품고 저를 추행한 건지, 주연 누나가 저를 끌어안고 달래듯 친근하게 대한 건지, 주연 누나와 다른 사람들이 보고 들었다는 그 순간들이 진짜 존재하는 건지, 아니면 그들이 모종의 이유로 왜곡하고 부풀려놓은 가상만 존재하는 건지. 그 어떤 것도 확신할 수가 없었어요. 주연 누나는 너무 충격을 받으면 기억이 잘 안 날 때가 있다고, 상황이 너무 힘들면 무의식적으로 회피하고 싶어지는 거라고 제게 말했습니다. 제가 지나치게 팀장을 따르는 것도 스톡홀름 증후군 같은 거라고요.

저는 그냥 알았다고 했습니다. 정의감과 분노로 끓어오르는 열한 명의 동기들에게 제 혼란을 잘 설명할 자신이 없었어요. 전 주연 누나처럼 확고하지 않았습니다. 제가 느끼는 감정과 앞으로의 대처 방식에 대해 충분히 고민해 보고 싶다고 반박할 용기도 없었고, 그렇다고 팀장이 한 짓이 얼마나 유해하고 증오스러운가에 대해 큰소리로 떠들어댈 자신도 없었습니다. 그렇게 저는 공개적인 피해자가 되었습니다.

회사에서 저는 더 이상 주변인이 될 수 없었습니다. 회의실 탕비실 사무실 자료실 화장실 복도 구내식당 비상계단 어느 곳에 가도 저를 주시하는 눈이 있었어요. 저를 향해 떠들어대는 입이 있었습니다. 주연 누나와 동기들이 무엇을 했는지 알 수 없지만 제가 체감하고 있는 건 소문의 정점에 제가 놓였다는 사실 하나뿐이었습니다.

회사 내의 모든 사람들이, 저에게 일어난 일을 전부 다 알고 있었어요.

—재야? 그냥 평범하게 생겼는데.

—이종구 팀장이 재를 그렇게 끼고 돈다잖아. 부서 이동도 막고 말이야. 회식 때 부서 사람들이 다 보는 데서 무릎에 앉혀놓고 놀았다며?

—아무 데서나 끌어안고 주물러댄다니 이건 뭐 발정 난 개돼지도 아니고. 그걸 또 가만있는 재는 뭐고? 싫다고 딱

밀어내면 되는 거 아냐, 군대도 갔다 온 사내새끼가.

—만지는 새끼나 들이대는 새끼나 똑같지 뭘.

—이종구 팀장 그런 사람 아냐. 전에 같이 일 해봤는데 성실하고 똑 부러지고 공과 사 구분 확실하거든. 아무래도 신입 저게 방울뱀인 거 같아. 이종구 팀장이 재수 없게 물린 거지. 요즘 애들 하는 짓 참 깜찍해. 실력도 없고 근성도 없고, 적당히 상사 약점 잡아서 보신할 생각이나 하고 말이지.

왜 제가 그런 말을 들어야 합니까?

들리는 곳에서 말하는 게 그 정도니 제가 없는 곳에선 차마 입에 담지 못할 말들이 돌고 있었겠죠. 하루하루가 끔찍했습니다. 자리에 앉아 있으면 사람들이 숙덕거리는 소리가 들렸어요. 대놓고 저를 비난하는 상사들도 있었습니다. 미꾸라지 한 마리가 온 회사 분위기를 망치고 있다고요. 네 몸엔 금칠을 했냐 뭘 그리 유난이냐, 누가 쳐다보는 것도 싫으면 히잡을 쓰고 다녀라, 상사가 면박을 줄 때마다 다른 직원들은 히죽히죽 웃었어요. 저는 자리에 앉아 있을 수도, 자리를 비울 수도 없었습니다. 사람들과 함께 있을 수도, 외떨어져 있을 수도 없었어요.

주연 누나는 약속했던 것처럼 저를 위해 싸워주었습니다.

—강연이가 속이 없어서 지금껏 참은 줄 아세요? 세상 누가 집에 데려다준다고 차에 태워서는 바지 속에 손을 집어넣는 인간을 상사로 모시고 싶겠어요? 계약직에 인턴에 최약자니까 어쩔 수 없이 참은 거 아니에요! 잘 알지도 못하면서 강연이가 뭘 잘못했다고 다들 이러세요?

누나! 저는 주연 누나를 불렀습니다. 고맙고 감동스러워서가 아니라 어처구니가 없어서요. 바지 속에 손을 넣다니, 그런 일은 결단코 없었습니다. 강연아, 가자, 얼마나 놀랐니. 누나는 짐짓 저를 위하는 척 떠들어대면서 저를 소회의실로 데려갔습니다.

—저런 인간은 답이 없어. 이참에 세게 나가서 쫓아내지 않으면 강연이 너, 평생 저 인간에게 휘둘리고 살 거야. 옆에 앉히고 손잡고 어깨 끌어안고 그러다 옷 속에 손 밀어넣는 거 금방이다? 자기반성이라곤 없고 뭐가 잘못인지도 모르는 뻔뻔한 인간들.

—그렇다고 그런 거짓말을…….

—뭐가 거짓말이야? 네가 가만히 있었으면 벌어졌을 일을 미리 말한 것뿐이잖아? 난 있지 강연아. 이번엔 절대로 안 질 자신 있어.

—이번엔?

—난 사실 이직 같은 거 하고 싶지 않았어. 그 인간 때문이 아니었다면 이전 회사 절대 그만두지 않았을 거야. 끔찍한 일을 당한 건 난데 회사도 상사도 동기들까지도 전부, 그 인간 편이었지. 누구도 나를 위해 싸워주지 않았어. 그러니까 강연이 넌 절대 혼자 두지 않을 거야. 이 팀장 그 새끼도 절대 가만 안 둬. 전 직원 앞에서 공개 사과 받게 해줄게. 기필코 그 새낄 이 회사에서 쫓아내줄게.

그런 걸, 제가 원했던가요? 공개 사과와 팀장 해임이 정말 제가 원하던 거였을까요? 혼란스러웠습니다. 일은 이미 걷잡을 수 없이 커졌는데, 정작 저는 모르겠더라 이겁니다. 제가 뭘 원하는지, 어떤 결과를 바라는지, 무엇이 저를 고통스럽게 만드는 건지 전부 다요.

—너는 가만히 있어도 돼, 내가 다 알아서 할 테니까. 우리 강연이, 누나가 너를 얼마나 위하는지 알지? 넌 정말 소중한 사람이야. 누구도 너를 함부로 대해선 안 돼, 너 자신조차도.

주연 누나는 자신이 장담한 대로 모든 일을 알아서 잘

진행했습니다. 석 달 정도가 소비되었고, 그동안 저는 회의실에 우두커니 앉아 있거나 감사실에서 취조를 받거나 대책 회의랍시고 동기들과 회사 앞 호프집에 구겨져 있는 경우가 대부분이었어요. 저는 어떤 일도 하지 못했습니다. 보호받고 투쟁해야 하는 피해자였으니까요. 보람으로 느껴졌던 업무와 야근은 제게 더 이상 유효한 단어가 아니었습니다. 주연 누나는 종종 거짓말을 꾸며냈고, 그런 일이 있었다고 제게 진술하게끔 했습니다. 내버려두면 온정주의와 유교사상과 갑의 승리가 된다면서요.

여기서 물러설 순 없어. 주연 누나는 자주 그렇게 말했습니다. 물러설 수 없는 건 누구였을까요. 저는 이렇게 너덜너덜해졌는데요. 사람들의 폭언과 비난을 오롯이 감수해야 하는 건 다름 아닌 저였는데요.

물론 알고 있습니다. 주연 누나는 좋은 사람이에요. 선의로 가득 찬 사람이죠. 저를 위해서 한 일이라는 것도 알아요. 그래서 더 괴로웠습니다. 다 포기하고 도망쳐버리고 싶을 때마다 제가 얼마나 비겁한 인간인지, 열일 제쳐두고 저를 위해 뛰고 있는 주연 누나가 원망스러울 때마다 제가 얼마나 이기적이고 제멋대로인 인간인지 깨달았으니까요. 저는 고작, 그 정도 인간이었던 겁니다.

결과적으로 팀장은 육 개월 30퍼센트 감봉을 당했습니다. 사람들은 예상 밖의 혹독한 징계라고 다시금 저를 비난했습니다. 주연 누나와 동기들은 그를 끝내 쫓아내지 못한 것에 대해 분개했어요.

저는 배려라는 이름으로 부서가 바뀌었고 사무용품 보급 관련 서류를 만들게 됐습니다. 팀장은 주연 누나가 요구한 대로 저를 찾아와 사과했습니다. 하지만 정중히 사과를 끝낸 다음엔 이렇게 말하더군요.

—이게 다 무슨 상황인지 나는 모르겠다. 아무튼 미안하다. 아는 것도 모르는 것도 내가 다 미안해. 그래도 너 인마, 막냇동생 같아서 내가 엉덩이 좀 만졌기로서니 꼭 이렇게까지 해야 했냐? 이게 공갈 협박하고 뭐가 달라?

팀장의 태도는 터무니없이 당당했습니다. 그리고 그를 당당하게 만들어준 건 다름 아닌 저였죠. 허탈해지더군요. 제 곁에는 정의로운 사람이 넘치고 저는 더없이 소중한 존재인데 대체 왜 그런 기분이 들었을까요.

팀장이 처벌받았는데도 소문은 전혀 사그라지지 않았

습니다. 오히려 저를 방울뱀 취급하는 사람만 배가 됐죠. 무리에 꼭 끼어 있는 과도하게 예민한 사람. 그게 바로 제가 된 겁니다. 사람들은 끝없이 저를 멸시하고 제 행동 하나하나를 감시하고 억측 속에 저를 가뒀습니다. 화장실에서 마주치면 호들갑을 떨며 다들 나가버렸어요.

—어유, 당장 오줌을 쌀 것 같아도 참아야지, 이강연 씨가 내가 자기한테 거시기 까보였다고 고발하면 어떡해?

어쩌다 어깨가 스치면,

—이거 일부러 그런 거 아니다? 네 몸에 손끝 하나 안 댔어, 난 남자 싫어해.

하루하루가 지옥 같았습니다. 다음 달이면 정규직 전환 심사를 받아요. 저는 이미 풍기문란이란 죄목으로 삼 개월 감봉을 당한 상태입니다. 풍기문란이라니. 제가 대체 뭘 어쨌길래요?

이런 상황이니 재계약이든 정규직 전환이든 불가능할 게 뻔하죠. 어차피 해고당할 거라면 이 수치와 자괴감을 견디며 회사를 계속 다닐 이유가 없지 않을까. 그런데 내가 왜 회사에서 쫓겨나야 하나. 나는 입사 성적이 제일 우수했고 불평 없이 성실히 일해왔고 심지어 방울뱀도 아닌데. 의미 없는 질문만 반복되었습니다. 그럴 수밖에요. 제게 주어진 일이라고는 창고에 앉아 하루 종일 목록을 만드는 일뿐이었어요. 스카치테이프 8밀리미터 20개입 2EA, 클리어파일 A4 사이즈 20매입 17EA, A4용지 500매 10개입 125EA, B5용지 500매 62EA……. 종일 창고를 뒤져 만든 재고 목록은 다음 날이면 파쇄되었습니다. 시키는 사람도 그 일을 하는 저도 아무 의미 없는 작업이라는 걸 너무나 잘 알고 있었으니까요.

그런데 오늘, 출근하자마자 주연 누나가 저를 부르더군요.

—만약 네 정규직 전환이 불발되면 절대 가만 안 있을 거야.

정말이지 그 입을 틀어막아버리고 싶었어요. 손바닥으로 입을 막는다는 단순한 행위가 아니라 시멘트를 처발라서라도, 진흙 속에 파묻어서라도 그 입을 막고 싶었습니다. 지독한 선의로 무장한 그 입을 영원히 막아버릴 수만 있다면. 모든 게 다 너를 위한 행동이었다고 말하는 그 혀를 잘라버릴 수만 있다면.

그러나 제가 뭘 할 수 있었겠어요? 주연 누나를 해칠 순 없으니 도망칠 수밖에요. 이렇게 회사 밖으로 뛰쳐나와 회사 사람이 절대로 오지 않을 곳에서, 이런 잡소리나 떠들어대고 있을 수밖에요.

*

—그래서.

눈 밑이 거뭇하게 죽은 남자가 한숨을 쉬었다.

—그래서. 뭐가 궁금한 겁니까? 여기가 무슨 상담치료실도 아니고 동네 사랑방도 아닌데 뭐 그런 얘기를 시시콜콜…… 흐음. 됐으니까 말을 해요. 해야 할 말만, 아무 말이나 내뱉지 말고, 진짜 필요한 말만 최대한 짧게!

강연이 사진 한 장을 내밀었다. 단체 사진에서 급히 잘라내 단면이 거칠고 모서리가 비뚤배뚤한 사진이었다. 하관이 발달한 젊은 여자가 미묘하게 찌푸린 얼굴로 사진 속에 박제되어 있었다.

—혹시 제가.

강연이 숨을 삼켰다.

—혹시 제가, 그 사람을 죽입니까?

남자가 의아하다는 듯 강연과 사진을 번갈아 보았다.

—팀장이 아니라 이 여자를 죽이냐고요?

—아까 점심을 먹고 회사로 들어가는 길에…… 그 사람이 저한테 등을 돌린 채 횡단보도에 서 있었습니다. 회사 앞은 팔차선 도로로 된 교차로라 차량 속도도 빠르고 교통사고가 잦은 곳이에요. 동기들과 저는 비좁은 인도에 겹겹이 서서 보행 신호를 기다리고 있었습니다.

화물차가 몇 대나 연이어서 우리 앞을 지나가는데 문득 비명소리가 들렸어요. 울타리에 목이 낀 타조가 낼 법한, 기괴하고 끔찍한 소리였습니다. 정신을 차리고 보니 그 사람이 도로 쪽으로 넘어져 있더군요. 급히 핸들을 꺾은 화물차가 이상한 각도로 기운 채 도로 반대편으로 튀어 나가고 있었습니다. 동기들이 그 사람 곁으로 뛰어가고 주변이 아수라장이 됐는데, 저는 아무것도 할 수가 없는 겁니다.

—사람이 너무 놀라면 몸이 굳기도 하죠.

—아니요, 그런 게 아닙니다. 제 손이…… 그 순간 제 손이 허공에 반쯤 들려 있었어요. 마치 그 사람을 지금 막 도로로 밀어버리기라도 했다는 듯이.

—밀었다고요? 그 여자를?

—모르겠습니다. 그걸 모르겠어요. 제가 진짜 그 사람을 밀었는지 아니면 그저 우연찮게 손을 들어 올린 것뿐

인지 아무것도 기억이 안 납니다. 다만 저는, 줄곧 무서웠습니다. 그 사람이 회의실로 저를 데려가 어깨를 다독여 줄 때, 너는 소중한 사람이야 하면서 손을 잡아줄 때, 얘가 무슨 꼴을 당했는지 알고나 떠드시는 거예요? 하며 회사 사람들한테 소리칠 때마다 뭐가 무서웠냐면요, 제가 무서웠습니다. 주먹을 움켜쥐고 있는 제가. 그 사람 입을 으깨버리는 상상을 하는 제가 무서웠어요. 팀장도, 저를 함부로 욕하는 회사 직원들도 아닌 주연 누나 입을요.

—…….

—주연 누나를 죽이려고 하다니 이건 말이 안 되는 거잖아요. 그런데 어느 날은 꼭, 그런 짓을 해버릴 것 같았단 말입니다. 도로든 창밖이든 어디로든 누나를 밀어버릴 것만 같았는데…… 하필 그때 제 손이…….

강연이 흐느꼈다. 남자는 화병에서 구부러진 나뭇가지를 꺼내 강연에게 건넸다. 진한 초콜릿색 나뭇가지가 잘 무두질된 가죽처럼 강연의 손바닥에 달라붙었다. 빈 공간이 하나도 남지 않는 완벽한 흡착이었다.

—안 죽어요.

한숨을 내쉬며 남자가 말했다.

—당신 주변에선, 그 누구도 죽지 않습니다.

입 안이 소금 한 줌을 머금은 것처럼 썼다. 주혁은 연거푸 물을 들이켰다. 혀로 입 안을 샅샅이 훑었다. 소금 결정체가 어금니 뒤쪽이나 볼 안쪽에서 굴러 나올 것만 같았으나 입 안엔 아무것도 없었다. 부서진 돌조각 같은 치아만 혀에 닿았다. 치아교정기를 억지로 뜯어낸 뒤 더욱 들쭉날쭉해진 치아였다.

남자의 물컵은 바닥까지 비어 있었다. 꿀이 흘러내린 흔적이 컵 표면에 잔금처럼 남았다. 불투명한 굴곡은 깨진 것을 이어붙인 아교 자국 같기도 했다. 이곳에 들어설 때의 남자 얼굴도 그랬다. 부리가 깨진 새의 얼굴을 하고 남자는 태연해 보이려 애쓰고 있었다. 주혁이 무탈을 선언하기 전까지는.

—당신 주변에선, 그 누구도 죽지 않습니다.

—그런…….

남자가 입을 크게 벌리고 빠끔거렸다. 그저 말문이 막힌 건지 너무 많은 산소가 들이닥쳐 폐가 굳어버린 건지 알 수 없었다. 남자의 눈이 금세 충혈되고 이마에 핏대가 섰다. 아무리 봐도 살인자가 되지 않는다는 사실에 안도하는 표정은 아니었다.

—이대로……라고?

남자가 바닥에 엎드려 헐떡였다.

—끝나지 않는다고요? 그 사람도 나도…… 아무도, 죽지 않고…… 계속 이렇게?

주혁은 담뱃갑과 라이터를 들고 밖으로 나갔다. 현관문을 열자마자 차가운 바람이 밀려들었다. 집 안의 무언가가 펄럭이는 소리가 들렸다. 널어둔 수건이거나 신단 옆에 걸린 치맛자락이거나 은밀히 타오르고 있던 촛불 중 하나일 것이었다.

천천히, 필터가 뜨거워질 때까지 주혁은 오래도록 담

배를 빨았다. 세 개비를 연거푸 태우고 들어오자 남자는 사라지고 바닥에 구부러진 나뭇가지만 덩그러니 놓여 있었다.

항아리에 남은 쌀은 이제 한 줌 남짓했다. 주혁은 신단에서 쌀이 담긴 항아리를 아예 끌어 내렸다. 산만하고 엄벙덤벙한 누나이니 항아리가 있었다는 걸 기억하지 못할 확률이 컸다. 군내가 나는 쌀에 콩나물과 물을 넣고 끓였다. 쌀알이 흐물흐물해질 때까지 주혁은 말없이 나무 주걱을 저었다.

콩나물죽 비슷한 것에 간장을 끼얹어 먹는 동안 해가 기울고 창밖이 소란해졌다. 마을버스 정류장에서 목소리를 내는 건 대개 교복을 입은 아이들이었다. 퇴근하는 사람들은 한숨 외엔 어떤 것도 내놓지 않았다. 주혁은 냄비 바닥에 눌어붙은 밥알을 긁어 먹으며 어깨에 묵직하게 얹히던 그 한숨들을 기억해냈다. 여느 사람들처럼 옷을 갖춰 입고 출퇴근하던 시절. 이미 포화 상태인 버스에 올라타기 위해 어깨와 등으로 사람들을 가차 없이 밀어붙이던 시절. 누구나 있을 법한 장소에서 누구나 할 법한 행동으로 하루를 보내던 시절. 그러니까 남자가 말했던 것처럼,

완벽하게 주변인일 수 있었던 과거의 어느 날을.

—죽음뿐이야?

투덜대며 꿀에 잠겨 있던 나뭇가지가 주혁을 돌아보았다.

—네가 볼 수 있는 건 죽음뿐이야? 왜?

—사신이니까요.

—수호신이라더니?

—투잡인가 봐요. 수호신 겸 사신.

—그러니까 죽음만 볼 수 있다?

—잘 모르겠어요. 일단 나를 만진 사람과 관련된 죽음 정도는 보이는 것 같아요. 그 사람이 이미 겪었거나 앞으로 겪게 될 죽음, 그것과 관련된 장면 정도가요.

주혁이 빈 냄비를 개수대에 넣고 물을 틀었다.

—……나한테서는 뭐가 보였어?

—아저씨요? 별로요.

—별로?

—아무것도 안 보였어요. 아저씬 그냥 파랗던데요. 셀로판지를 이어붙인 것처럼 새파랗고.

—새파랗고 또?

—그게 다였어요. 왜요? 뭐가 보였어야 돼요?

—아니.

쌀이 담겨 있던 항아리를 들고 주혁은 집 안을 서성였다. 적당한 곳에 그것을 숨길 작정이었다. 다용도실로 나가는 좁은 통로에는 구석구석 물건들이 빼곡했다. 토종닭 세 마리는 거뜬히 들어갈 만큼 커다란 곰솥과 용도를 알 수 없는 거대한 펌프, 쇠 쟁반 두 개. 그나마 이것들이 놓인 장소가 현관이나 이불 밑이 아니어서 다행이었다.

주혁은 곰솥 옆에 항아리를 놓았다. 상단을 완전히 가리기 위해 주변을 더듬자 귤 박스 하나가 굴러떨어졌다. '제주귤/특/20kg.' 면이 반듯하고 모서리가 빳빳한 새것이었다. 주혁은 잠시 그 안을 들여다보았다. 아무것도 담기지 않은 박스를 왜 보관해두었는지 모를 일이었다. 버리는 걸 깜빡 잊었다기엔 보관 상태가 지나치게 좋았다.

—근데 수호신이랑 사신은 투잡으로 좀 이상하지 않아요? 바이러스랑 백신 같은 느낌이잖아요.

—너, 사신은 아니야.

—내가 아저씨 수호신이라는 건 인정하는 거네요?

—수호신은 개뿔.

해가 완전히 기운 탓에 거실이 캄캄했다. 커튼을 젖히자 가로등 불빛이 스며들었다. 백색 형광등에 익숙해져서인지 둥근 원을 그리듯 층층이 겹친 노란빛이 낯설었다.

가로등 꼭대기에 올라 알전구를 갈아 끼우는 남자가 되고 싶던 날이 있었다. 연애 시절 영주의 방을 올려다볼 때마다 주혁은 가로등에 매달린 자신의 뒷모습을 상상하곤 했다. 영주의 자취방은 그들이 다니던 대학 뒤 복잡한 골목 안에 있었다. 천장이 낮고 방범창이 두꺼운 빌라들. 모퉁이마다 박아놓은 가로등 불빛이 유난히 노랗게, 고깔 모양으로 번지는 곳이었다. 가로등은 영주의 방과 정확히 같은 높이였고, 영주는 방에 들어가선 불을 켤 필요가 없을 정도라고 말했다.

—그래서 잠을 못 자, 너무 밝아서.

주혁은 영주가 방에 들어가면 가로등을 타고 올라가 알전구를 돌려 빼주는 상상을 했다. 영주가 잠에서 깨면 전구를 도로 끼우고, 영주가 잠이 들 무렵이면 전구를 다시금 빼주고 싶었다. 매일매일 그러고 싶었다. 알전구를 돌리는 남자이고 싶었다.

—아저씨. 근데 그거 알아요?

나뭇가지가 구부러진 허리께를 실룩이며 말했다.

—그 남자, 복채 안 내고 도망갔어요.

—아.

—역시 인간들이란.

*

구겨진 음파가 탐색하듯 주혁의 귀 언저리를 맴돌았다. 귓속으로 파고들어 여러 관을 더듬은 뒤엔 흐르는 것을 따라 흘렀다. 근육막이나 장기와 부딪치면 차가운 정전기를 일으키며 몸을 비틀었다. 소리는 낯선 것, 질기고 흉포한 무엇이었다. 가죽 주머니 안에 든 폭죽처럼 들끓기 시작한 소리를, 주혁은 이를 악물고 버텼다. 녹슨 드럼통으로 두개골을 쾅쾅 내리치는 소리, ㄹ자로 꺾인 파이프 안을 여러 개의 망치로 두드려대는 소리. 비인간적인 파열음의 반복. 소리가 잠잠해질 때까지는 온 밤이 필요할 것이었다. 주혁은 뜬눈으로 밤을 새웠다.

밤마다 주혁을 괴롭히는 것이 소리였다면, 영주를 괴롭히는 건 헛손질이었다. 영주는 잠이 든 상태로 늘 양팔을 허우적거렸다. 허공을 향해 쭉 뻗은 팔이 나뭇가지처럼 굳은 채 새벽을 맞기도 했다. 영주는 자다가도 몇 번씩 몸을 일으켜 붓고 충혈된 근육을 손으로 주물렀다. 양팔에 쥐가 나 침실 벽에 어깨를 퉁퉁 부딪치고 있는 날도 많았다.

퉁, 투웅.

영주의 마른 몸이 벽과 부딪치는 소리가 지금까지도 주혁의 귀에 선명했다. 그보다 훨씬 오래된 소리도 있었다. 종합병원에서, 병원 지하 장례식장에서 영주는 세차게 벽을 들이받았다. 시멘트 벽에 어깨를, 뒤통수와 등을 사정없이 부딪쳤다. 장모가 영주를 끌어다 앉혀놓으면 식탁에 쾅쾅 이마를 받아 육개장을 다 쏟아놓았다. 장모는 영주를 온몸으로 감싸고 쓰다듬고 애원했지만 주혁은 그러지 못했다.

내버려두세요.

주혁은 그렇게 말했다.

소주 두 병은 많지도 적지도 않은 양이었다. 온전한 정신도, 그렇다고 취한 것도 아닌 상태가 지속되었다. 주혁은 이 애매한 상태를 유지할지 소주를 두세 병 더 사다가 확실히 경계선을 넘어갈지 고민 중이었다.

—인간이란 건 복잡하네요.

구부러진 나뭇가지가 짐짓 진중한 어투를 흉내 내며 말했다. 주혁이 한낮부터 소주를 마시기 시작한 게 어제 복채를 떼먹고 도망친 남자 때문이라고 생각하는 듯했다.

—인간만큼 단순한 게 어디 있다고.

—단순하다고요? 어디가요?

—별거 없어. 태어나고 자라고 죽고. 그게 다야.

—그 과정이 별거잖아요?

—그게 별건가.

줄곧 눈이 내리고 있어 창밖이 흐렸다. 이월 말이니 연이은 폭설이 낯설 것도 없었다. 가로수며 전신주에 층층이 쌓인 눈을 바라보다 주혁은 산속에 남겨진 누나를 떠올렸다. 딱히 걱정이 되는 건 아니었다. 사방을 비닐로 칭칭 감아둔 움막은 산속 기도터라기에는 지나치게 시설이 좋았다. 백열등과 히터가 연결돼 있고 전기장판도 깔려 있으니 추위를 못 견딜 만큼은 아닐 터였다. 무엇보다 누나는 언제든 쉽게 결정을 번복하는 사람이었다. 자신의 변덕을 부끄러워하는 성격도 아니었다. 지금 당장 현관문을 열고 누나가 들어선다 해도 이상할 게 없었다.

주혁은 자신의 소주잔을 채운 뒤 나뭇가지의 화병에 꿀을 반 스푼 넣어주었다. 술기운이 머릿속을 노곤하게 만들었다.

—어린애가 태어나. 작고 귀중하지만 아직은 쓸모없지. 어린애는 아주 사소한 점 같은 거야. 혼자서 아무것도 할 수 없는, 그냥 존재하기만 하는 점. 어른들이 그 점을 이어서 선을 만들지. 대개는 부모가 하는데, 형편없는 부모는 비뚤어진 선을 그어.

—비뚤어진 선.

—애들이 자라면, 그러니까 십대 청소년이 됐다고 치면 말이야. 자기 생각이라는 게 생겨. 그럼 의문을 갖게 되지. 나는 왜 이런 이상한 선이 되어 있을까? 누가 날 이렇게 만들어놨지? 어른들이 자기 욕심껏 그은 선이 마음에 들 리가 없는 거야. 그럼 뭘 하겠어? 부모랑 싸우겠지. 전에 찾아왔던 부부 말이야. 엄마 쪽이 교통사고로 죽는다던. 그 집 애가 그랬을 거야. 어느 날 문득 부모가 그어놓은 선이 자기와는 안 맞는다는 걸 깨달았겠지.

—좋은 사람들인 것 같았는데.

—좋은 사람이 반드시 좋은 부모가 되는 건 아니야. 내

아내도 좋은 사람이었지만.

주혁이 숨을 삼켰다.

—좋은 부모는 아니었어. 나도 그랬지.

—아저씨 아내가 있어요? 아이도?

—있었어, 예전에.

동네는 언제나처럼 한산했다. 구름이 두터웠고, 바람 소리가 컸고, 그림자 글씨가 거실 바닥에 허술하게 드리워져 있다 어느 틈에 사라졌다. 집 안에 남아 있는 균열이라곤 천장의 그을음 정도가 전부였다.

—사실 선이라는 게 원래 그래. 삐죽삐죽하고 아무 데나 부딪히고 구부러지거나 부러지기도 쉽고. 다 나름대로의 시행착오를 겪으면서 성장하는 거지. 팔뚝에 힘이 붙으면 애들은 자기 마음에 드는 선을 몇 개든 그려낼 수 있어. 그럼 어엿한 면이 되는 거지.

—면이요?

—면, 단면 말이야.

—그건 언제 되는데요?

—글쎄다. 이십대쯤? 면은 선보다 크고 넓지만 불안정한 건 마찬가지지. 그럼 또 미숙한 단면인 채로 이리저리

부대끼는 거야. 입체감이 생길 때까지. 원뿔이 되거나 정육면체가 되거나 구가 되거나 할 때까지.

—바쁘네요.

—바쁘지.

—그럼 삼십대엔?

—도형. 삼십대엔 입체도형을 하나 갖게 돼. 근데 그게 참 보잘것없거든. 가까스로 세워놔도 쉽게 찌부러지는 애물단지지. 그래도 노력해온 게 있으니 다들 그걸 지키고 싶어 해. 인간으로서의 시작은 이제부터라고 봐야지. 지킬 게 생기면 인간은 끈질겨지거든.

—그때까진 인간이 아닌 건가요?

—뭐, 기대하진 말아야지.

—단순하다더니 엄청 복잡하네요.

—점 선 면 도형. 딱 기본이잖아.

—인간은 역시.

—역시 뭐?

—됐어요. 그럼 사십대는 뭘 해요? 도형 다음엔 뭐가 있어요?

—사십대엔 말야.

주혁이 숨을 천천히 내쉬었다.

—입체도형 안에 자기가 원하는 걸 넣을 수 있지. 가족이나 직장처럼 구체적인 것도, 의지나 희망처럼 추상적인 것도 전부. 도형 안엔 가장 소중한 걸 넣어야 해. 그래야 여생 동안 그걸 지키면서 도형을 늘려나갈 수 있거든.

—커지기도 하는 건가요, 그게?

—그렇지. 어마어마한 크기의 도형을 가진 인간도 있어. 단단하고 거대해서 어지간해서는 부서지지 않을 그런 걸. 간디나 피타고라스나 세종대왕 같은 사람들은 거대한 도형을 남겨놓고 죽었지. 후대의 인간들이 전부 들어가 살 수 있을 만큼 거대한 걸 말이야.

주혁이 빈 소주병을 밀었다. 하나가 넘어지며 다른 하나를 밀어 쓰러뜨렸다. 소음과 함께 바닥에 나뒹구는 병 두 개를, 주혁은 한참 내려다보았다.

—그런데, 어떤 인간은, 도형을 망가뜨리고 말아. 터지고 납작해진 것을 움켜쥐고 죽을 때까지 살기도 해. 자신의 도형뿐 아니라 타인의 도형까지 짓밟고 망가뜨리면서 죽지도 않고 뻔뻔하게, 살아.

넘어진 술병과 나무젓가락과 고추참치캔 따위를 그대로 두고 주혁은 거실 바닥에 누웠다. 햇빛이 들어오는 쪽으로 머리를 두고 몸을 길게 폈다. 천장에 방사형으로 그어진 그을음을 집요하게 눈으로 좇았다. 팔오금이 저리고 종아리가 뻣뻣해질 때까지, 주혁은 몸을 곧게 펴고 버텼다.

그러고 보니. 주혁이 문득 떠올랐다는 듯 말을 이었다.

—그러고 보니 인간으로 따지면 너는 아직 십대겠구나.

—왜요?

—왜긴. 넌 그냥 선이잖아. 선 그 자체.

나뭇가지가 한숨을 쉬었다.

—아저씨는 몇 살이에요?

—모르겠다.

—사십은 넘었죠?

—한참 넘었지.

—그럼 아저씨 도형 안엔 뭐가 들어 있어요?

—……아무것도.

—아무것도?

—아무것도 없다, 내 도형 안엔. 도형 자체도 없어.

아이는 가고 싶지 않다고 했다.

주혁은 똑똑히 기억하고 있었다. 아이는 드물게 싫다고 말했다. 물놀이도 숲속 체험도 친구들과의 하룻밤도 싫다고. 모기와 개구리와 구운 당근만큼 싫다고 몇 번이고 말했다.

—고작해야 캠프잖아. 좀 빠지면 어때서 그래.

—사회성이 떨어진다고 했어. 수아가 남들보다 사회성이 떨어진다고, 친구들과 잘 어울리지도 못하고 혼자 있는 시간이 너무 길다고.

—그럼 어때서. 사회성 같은 건 크면서 저절로 생기는

거야.

—당신이 그렇게 안일하게 구니까 애 교육이 안 되는 거야. 저절로 되는 게 세상에 어딨어? 노력해도 안 되는 일 천지인데 가만히 앉아서 얻어지는 게 대체 어디 있냐고!

영주는 유독 날선 반응을 보였다. 여름캠프 안내문이 오기 전 아이의 반에서 세 번의 생일 파티가 있었다는 사실을 주혁은 나중에 알았다. 아이는 세 번 모두 초대받지 못했다. 그건 그럴 수 있었다. 다만 유치원 교사가 슬쩍 알려준 아이들의 초대장 내용이 문제였다.

생일을 맞은 아이들은 알록달록한 초대장을 만들었다. 누구야, 이번 주 토요일 내 생일 파티에 초대할게. 그게 요지인 초대장이었으나 세 장 모두 말미에 다음과 같은 문장이 붙어 있었다. '추신. 수아한테는 절대 말하지 말 것.'

유치원 교사는 몰래 사진 찍어둔 초대장을 영주에게 보여줬다. 다른 아이들이 듣지 못하게 영주를 복도 끝으로 밀어붙이고, 둥근 얼굴을 심각하게 찌푸린 채였다.

—두 달이면 이제 친한 친구가 생겼어야 할 시점이거든요. 그런데 수아는 누구랑도 놀려고 하질 않아요. 누구도

수아를 부르지 않아요.

입학식 날부터 유치원 교사는 근심 어린 얼굴로 영주를 따로 불러 당부했었다. 아이가 적응할 때까지 어머님이 집에서 잘 살펴주셔야 해요. 환경이 바뀌면 크게 스트레스 받아 성격이 변하는 아이들이 있거든요. 영주는 당시 그녀의 말을 귀담아듣지 않았다. 유치원 교사 미간에 자리 잡은 주름을 보며 보기보다 걱정이 많은 성격인가 했을 뿐이었다.

—처음엔 반 애들이 수아한테 관심이 많았어요. 수아가 워낙 말을 잘하고 표현력이 좋잖아요? 아이들이 아무리 놀자고 해도 수아가 어울려주질 않으니까 이제는 이런 식으로 복수하려드는 것 같아요.

복수. 영주는 유치원 교사 입에서 나온 생경한 단어에 몸을 움츠렸다. 다툼이나 거리두기처럼 좀 더 유연한 단어는 없었던 걸까. 경솔한 단어 선택이라고 마음속으로 책망하면서 영주는 아이들 무리를 바라보았다. 하원 차량을 기다리느라 가방을 멘 아이들이 유치원 현관 옆에 줄지어 서 있었다. 오전에 비가 오다 그쳐서인지 우산을 들고 있는 아이들이 많았다. 아이는 줄에서 두 걸음쯤 물러나 있었다. 아이 앞에 서 있던 노란 우산을 든 갈래머리 여자애가 아이의 발등을 우산 끝으로 콕 찍었다. 누군가 까르르 웃는 소리가 복도 끝까지 들려왔다.

투명 우산을 든 아이가 우산 손잡이로 아이의 팔을 홱 걸었다 뺐다. 까르르 웃음소리가 울렸다. 접이식 우산을 든 아이가 아이를 향해 우산을 팡 펼쳤다. 물방울이 아이의 앞머리와 콧잔등을 적셨다. 까르르 웃음소리가 울렸다.

영주는 아이를 향해 달려가려다 멈춰 섰다. 아이의 반응이 이상해서였다. 아이는 물방울을 털어내거나 우산의 사정거리에서 벗어나기 위해 몸을 뒤로 물리지 않았다. 유치원 교사가, 심지어 엄마가 가까이 있음에도 도움을 요청하지 않았다. 아이는 무표정하게 거기 서서 쏟아지는 물방울과 웃음소리를 온몸으로 맞고 있을 뿐이었다.

때문에 영주는 깨달았다. 유치원 교사가 복수라는 단어를 선택할 수밖에 없는 모종의 무언가가 있었음을. 다툼이든 거리두기든 복수든 어떤 단어를 쓰든 간에 그것이 주는 냉혹한 현실의 온도는 달라지지 않을 것임을.

여섯 살 아이들 열두 명이 모여 있는 희망유치원 우주반은 주혁이 보기에 순진무구한 어린이 집단이었다. 영주가 보기엔 암묵적인 규칙과 인과관계로 채워진 축소된 사회였고, 그 사회를 조종하는 건 자신을 제외한 열한 명의 엄마들이었다. 영주는 자신이 엄마들의 세계에 편입되는가 배척되는가에 따라 아이의 첫 사회생활이 성공하거나 실패할 거라 결론지었다. 그도 그럴 것이, 희망유치원에서 외부 입학생은 아이뿐이었다. 나머지 열한 명의 아이들은 유치원과 연결된 어린이집에서부터 차곡차곡 진급한 소꿉친구들이었다.

새로 이사한 집의 매매가는 지역 평균치였고, 중학교 수학선생님이라는 주혁의 직업도 무난했다. 아이는 6세 아동 성장 그래프의 딱 중간에 해당하는 체격이었으며 아빠를 닮아 팔다리가 길었다. 영주를 닮은 얼굴은 눈썹이 흐리고 턱이 뾰족했으나 눈동자가 또렷하고 귀가 둥글어 그럭저럭 시선이 분산됐다. 그러니까 유난히 눈에 띄는 구석이나 관계에 불리하게 작용할 만한 것은 아무것도 없었다.

열한 명의 아이들을 불러 괴롭힘을 책망하는 일은 별 소용이 없을 게 분명했다. 괴롭힘이라는 단어 자체가 어른의 것이었다. 아이들은 영주가 지적한 다음에야 자신들의 행동이 괴롭힘의 일종이라는 사실을 깨달을 것이다. 자신의 행동이 정의되고 나면 사람들은 그것을 바꾸려는 노력보다 그것을 정당화시키기 위한 일에 더 몰두한다. 아이들은 당연히 괴롭힘의 이유를 아이에게서 찾으려 할 테고, 이후 벌어질 일은 불 보듯 뻔했다.

아이에게 사교적이 되라고, 반 애들과 어울리기 위해 뭐라도 해보라고 종용하는 것은 잔인한 일이었다. 아이의 노력이 통하리라는 보장도 없었다. 그렇다면 영주가 할 일은 하나뿐이었다. 엄마들을 포섭하는 것. 엄마들에게 보다 좋은 사람이 되는 것. 좋은 사람, 욕심나는 사람이 아니라면 필요한 사람, 편리한 사람이라도 되는 것. 영주 자신이 먼저 엄마들 사회에 틈입한 뒤 아이를 보호하는 것만이 유일한 해답이었다.

여름캠프에 앞서 주혁이 몰랐던 것은 세 번의 생일 파티 외에도 많았다. 주혁은 영주가 열한 명의 아이들 부모와 친해지기 위해 무엇을 했는지 몰랐다. 그들의 편협한 세계에 아이를 끼워 넣기 위해 영주가 어떤 희생을 감수하고 있는지 역시 몰랐다.

아이1의 엄마는 만삭이었다. 남편 집안이 엄하고 고지식해 한 달에 두 번 이상 집안 경조사가 끊이질 않았다. 얼굴도 본 적 없는 남편의 증조부 제사와 시아버지의 제사가 일주일 간격으로 있는 데다 배가 뭉치고 팔다리에 쥐나는 게 멈추지 않자 아이1의 엄마는 놀이터에서 울음을 터뜨렸다. 영주는 아이1의 엄마 집으로 가 동그랑땡과 버섯전을 500개쯤 부쳤다. 요리가 취미라서요. 영주는 묻지도 않은 말에 그렇게 대꾸하며 동태전 위에 홍고추와 청고추 슬라이스를 올렸다.

아이9의 엄마는 가정집에서 소수의 아이들을 상대로 미술 수업을 했다. 가격이 비싸고 수업 평은 그럭저럭이었으나 영주는 당장 아이를 미술 수업에 참가시켰다. 아이가 종이컵으로 꼭두각시 인형을 만드는 동안 집에서 머핀을 굽고 오렌지주스를 짜 간식으로 배달했다. 애들 먹거리에 관심이 많아서요. 영주는 그렇게 말하며 웃었다. 부지런하시구나. 아이9의 엄마가 마주보며 웃었다.

아이11의 엄마는 첫째가 다니는 초등학교 자원봉사단 일원이었다. 교육청에서 불량식품 근절이라는 권고사항이 내려왔으므로 아이11의 엄마를 비롯한 봉사단 사람들은 근처 슈퍼와 문방구를 돌며 불량식품을 적발했다. 영주는 쿠키와 머핀과 마늘스틱 같은 것들을 챙겨들고 아이11의 엄마와 함께 문방구를 돌았다. 불량식품을 먹는 아이들을 발견하면 직접 구운 빵을 나눠 주었다. 요리가 취미란 얘긴 들었는데 솜씨 좋으시네요. 아이11의 엄마가 마늘스틱을 뽑아 먹으며 말했다.

영주는 아이11과 놀이터 벤치에 나란히 앉아 영주가 만든 초코볼을 나눠 먹는 아이를 발견했다. 초코볼은 폭신폭신하게 부풀린 손가락 한 마디 크기의 빵 안에 초코 크림을 짜 넣은 뒤 겉면에 슈가파우더를 뿌린 것으로, 손이 많이 가 번거로웠지만 아이가 특별히 좋아하는 간식이었다.

—즐겁니?

영주가 묻자 아이가 쑥스러운 듯 고개를 끄덕였다. 마지막 남은 초코볼을 아이11의 손에 쥐어주고, 아이는 영주를 향해 팔랑팔랑 뛰어왔다.

—내일도.

아이는 슈가파우더가 잔뜩 묻은 손가락을 빨며 말했다.

—내일도?

—응, 내일도.

미술 수업은 매주 수요일과 금요일 오후 5시에 있었다. 영주는 유치원 차량에서 아이9와 나란히 손을 잡고 내리는 아이를 발견했다.

—바로 우리 집으로 가도 되나요?

아이9가 물었다.

—수업 시간까지 아직 한 시간이나 남았는데?

—일찍 가서, 내 방에서 같이 놀 거예요. 우리 엄마가 그래도 된다고 했어요.

아이9가 말간 얼굴로 영주를 바라보며 허락을 구했다. 영주가 고개를 끄덕이자 아이 둘이 뒤돌아 힘껏 뛰었다. 얼른 가자. 같이 가자. 그러다가 문득 멈춰 영주를 향해 소리쳤다. 아줌마, 오늘 간식은 뭐예요? 아이의 숨찬 웃음소리가 귓바퀴에 조랑조랑 매달렸다.

—수아는 수영복 잘 맞나요? 캠프 보내려고 찾아봤더니 우리 애 건 벌써 작아진 거 있죠. 그래서 말인데, 애들 수영복 사러 같이 가지 않을래요?

아이1 엄마가 전화를 걸어서는 그렇게 물었다.

—나간 김에 커피 마시고 얘기도 좀 해요, 우리. 지난번엔 제사 음식 하느라 정신없어서 아무것도 못 했잖아. 문

화센터 이층에 블록 놀이 하는 데가 있으니까 애들은 거기서 놀라고 하고요. 우리 애가 그러는데 수아가 블록 맞추는 걸 그렇게 잘한다면서요? 엄마 닮아서 손재주가 좋은 모양이에요.

―애가 유치원을 다니는 건지 당신이 유치원을 다니는 건지 모르겠네.

주혁이 박력분과 설탕 범벅이 된 주방을 향해 투덜거렸다. 불만이 생기면 담뱃갑과 라이터를 움켜쥐고 밖으로 나가버리는 게 주혁의 오랜 습관이었다. 주혁은 구긴 담뱃갑을 보란 듯이 식탁 위로 던졌다. 쓰레기 하나가 더해져도 위화감이 들지 않을 만큼 식탁 위는 충분히 엉망이었다.

사실 영주는 손재주가 좋은 사람도, 요리 솜씨가 뛰어난 사람도 아니었다. 가정적이고 헌신적인 엄마로 보이기에 가장 적합해 보이는 것을 선택했을 뿐이었다. 영주는 밤낮없이 초코볼과 슈크림빵을 구웠다. 슈크림 농도와 맛은 완벽해졌으나 주방은 늘 엉망이었다. 세탁실 바닥이며 화장실 선반에 얇은 먼지층이 쌓이기 시작한 것을 가장 못 견뎌하는 사람은 영주 자신이었다. 아이를 유치원에 보낸 뒤 엄마들의 잡다한 일을 돕고 쿠키를 구워 아이들에게 나눠 주고 놀이터나 어린이 도서관을 다녀오고 나면 무엇을 해도 시간이 모자랐다. 영주는 새벽까지 집 안을 치우고 퉁퉁 부은 팔다리를 주무르다 거실 소파에서 잠들었다. 다음 날이 되면 다시금 머핀을 굽고 아이를 이곳저곳으로 실어 날랐다.

—그렇게까지 유난하게 굴 필요가 있어?

—뭐가 유난한데?

—당신 같은 엄마들을 학교에서 뭐라고 부르는지 알아? 벌써부터 그러고 다니면 애가 중고등학교 들어갈 땐 어디까지 하려고, 허리케인이라도 될 셈인가? 학부모 군단 총대장이라도 할 셈이야?

—비꼬지 마. 나라고 좋아서 이러는 줄 알아? 다 필요하니까, 어쩔 수 없으니까 하는 거야.

—필요하다니, 누구한테 필요하다는 건데. 당신한테? 나한테? 수아한테?

—당연히 수아지.

—정말 그래? 수아를 완벽하게 케어하는 훌륭한 엄마라는 타이틀을 갖고 싶은 건 아니고? 당신의 자존심과 만족감을 위해서가 아니라 진짜 수아를 위한 일 맞아?

*

아이는 가고 싶지 않다고 했다.

아이는 드물게 싫다고 말했다. 물놀이도 숲속 체험도 친구들과의 하룻밤도 싫다고. 모기와 개구리와 구운 당근만큼 싫다고 몇 번이고 말했다.

—어째서야?

영주가 물었다.

—친구들이랑 친해졌잖아. 유치원 끝나고 놀이터도 같이 가고, 주말에 체험관이랑 박물관도 같이 갔잖아. 친구들이랑 노는 거 좋아하는 거 아니었어?

—좋아.

—그런데?

—캠핑은 싫어.

—그러니까 왜?

—그냥. 그냥 싫어. 캠핑 가기 싫어.

—고작해야 캠프잖아. 좀 빠지면 어때서 그래.

듣다 못한 주혁이 끼어들었다. 한 달이 넘도록 부부 사이에 뾰족뾰족한 말들만이 오가던 참이었다. 소소한 언쟁이 남긴 상처는 쉽게 사라지지 않았다. 다툼은 서로에게 매일 새로운 형태의 모멸감을 더해주었다. 다툼의 끝에는 화해나 이해처럼 다정한 단어가 아니라 명징한 몰이해와 구차한 변명만이 남았다. 영주는 주혁에게 아무것도 모르면 가만히 있으라고 종종 소리쳤다. 내가 모르는 게 대체 뭔데? 주혁이 그렇게 따지면 정작 어떤 대답도 하지 못했다. 집단 내에서만 느낄 수 있는 압박과 위화감을 외부인에게 전달하는 일은 불가능해 보였다. 감정과 확신의 문제를 타인에게 설명하는 건 어려운 일이었다.

타인. 영주는 종종 주혁을 그렇게 느꼈다. 수아와 관련된 일에 대해 주혁은 무지했고 안일했으며 비현실적일 정도로 무책임했다. 아이들 세계에 대한 순진무구하고 터무니없는 환상을 오히려 영주에게 강요할 때도 있었다. 기껏해야 애들 일이야. 유난 떨지 말고 적당히 좀 해. 애들도 자기들끼리 싸우고 화해하고 새로운 규칙을 만들어가며 성장하는 거야. 주혁이 말할 때마다 영주는 그따위 말은 당신 학교 윤리 교과서에나 있는 말이라고 소리치고 싶었다.

—사회성이 떨어진다고 했어. 수아가 남들보다 사회성이 떨어진다고, 친구들과 잘 어울리지도 못하고 혼자 있

는 시간이 너무 길다고.

—그럼 어때서. 사회성 같은 건 크면서 저절로 생기는 거야.

—당신이 그렇게 안일하게 구니까 애 교육이 안 되는 거야. 저절로 되는 게 세상에 어딨어? 노력해도 안 되는 일 천지인데 가만히 앉아서 얻어지는 게 대체 어디 있냐고!

—그래서, 당신이 나서서 억지로 끼워 맞추면 없는 사회성이 쑥쑥 자라나나? 당신이 만든 틀 안에서 애가 꼭두각시처럼 순종해야 성에 차는 건 아니고? 애가 싫다잖아. 애 의견을 존중해주자는 게 뭐가 나빠!

—일박 이일이야. 일박 이일을 반 애들이랑 딱 붙어 지내는 거라고. 여자애들이 잠자기 전 이불 속에서 얼마나 많은 비밀을 공유하는지 알아? 똑같은 경험을 갖고 있다는 게 아이들 세계에서 얼마나 중요한 일인지 당신 알기나 해? 캠프 불참으로 끝나는 게 아니야. 이후에 아이들이 캠프 얘기를 할 때마다 우리 애 혼자 소외되는 거라고. 즐거운 기억이니 그걸로 그림도 그리고 만들기도 하고 활동체험 발표도 할 텐데 그때마다 우리 애만 따돌림당하는 거라고!

—따돌림이라니, 확대 해석도 정도껏 해.

—다르지 않아, 다르지 않다고! 불참이든 소외든 왕따든 어떤 단어를 쓰든 결과는 똑같단 말이야!

주혁과 영주의 언성이 높아지자 아이가 몸을 옹송그렸다. 식탁에 앉아 쥐가 파먹듯 조금씩만 뜯어 먹던 베이컨 치즈 주먹밥을 완전히 내려놓았다. 내가 얼마나 노력하고 있는지 당신 알기나 해? 영주는 폭발하듯 제사 음식에 대해서, 미술 수업에 대해서, 학교앞지킴이 활동에 대해서 떠들어댔다. 주혁이 하나도 이해할 수 없는 얘기들이었다.

—엄마.

영주의 손을 아이가 조심스레 만졌다. 영주가 새빨개진 얼굴로 아이를 돌아보자 흠칫 하는가 싶더니 영주의 손을 더욱 꽉 붙들었다.

—갈래.

아이가 말했다.

—캠프? 캠프에 갈래?

—응. 갈래. 가고 싶어졌어.

주혁이 큰 소리를 내며 집 밖으로 나갔다.

영주는 아이의 이마를 쓰다듬고 양볼을 소중히 감싸 쥐었다. 아이에게서 전해진 말랑말랑하고 따뜻한 온기가 영주의 들끓는 속을 달래주었다. 미안해. 영주가 속삭이듯 아이에게 말했다.

―하지만 다녀오면 생각이 달라질 거야. 분명히 즐거울 거야.

아이가 고개를 끄덕였다. 작은 몸을 끌어안자 더 작은 손이 튀어나와 영주의 등허리를 마주 안았다. 품 안에 색색 고이는 숨이 따뜻해 영주는 아이를 힘껏 끌어안았다. 그에 화답하듯 아이의 작은 손이 조물조물 움직였다.

*

청소년 수련원에 불이 난 이유는 확실치 않았다.

처음엔 모기향에서 벽지나 옷가지로 옮겨붙은 불이 원인일 거라 했다. 뉴스를 접한 사람들은 서둘러 모기향을 치우고 밑에 깔았던 은박지와 플라스틱 접시를 내다 버렸다. 불이 나기 전부터 수련원의 전기가 수시로 들어왔다 나갔다 했다는 사실이 밝혀지자 누전 가능성이 제기되었다. 새로운 가능성이 제시될 때마다 여론이 들끓었으나 어느 쪽으로도 조사는 이루어지지 않았다.

한밤에 일어난 불은 삽시간에 수련원 건물 전체로 퍼졌다. 형편없는 건물이었다. 콘크리트로 지은 건 건물 일층뿐으로, 이층과 삼층은 52개의 컨테이너를 대충 얹어 만든 조립식이었다. 건물이라 정의 내릴 수 없는 종류의 것이었으나, 준공 인허가를 내준 공무원들의 생각은 다른 듯했다. 화재뿐 아니라 지진이든 폭우든 아주 약간의 계기만 생겨도 삽시간에 무너져버릴 조악한 건물. 그 안에 평온한 얼굴로 잠들어 있던 아이들과 어린 교사들이 544명이나 되었다.

가연성 내장재 때문에 불은 건물 전체를 감싼 형태로 번졌다. 유독가스가 뿜어져 나와 잠에서 깬 아이들이 검은 숨을 쏟아내며 건물 밖으로 기어 나왔다. 화재경보기는 애초에 불량이었으므로, 열기와 연기를 짙게 체감한 뒤에야 아이들은 불이 났음을 깨달을 수 있었다. 복도에 굴러다니는 소화기는 속이 빈 깡통에 불과했다. 불이 난 지 한 시간이 지나서 화재 신고가 접수되었고, 소방차는 좁고 거친 논길과 비포장도로를 달려 40여 분이 지난 뒤에야 외떨어진 현장에 도착했다. 당연히 불길이 건물 전체를 집어삼킨 후였다. 층층이 쌓인 컨테이너 벽이 우그러들고 휘어 붕괴 직전이었으므로 소방호스로 물을 쏠 수도, 소방관들이 건물 안으로 진입할 수도 없었다.

아이들의 부모는 뉴스 속보를 통해 화재 소식을 접했다. 경기도에서 부천에서 산발에 헐벗은 부모들이 달려와 불탄 건물을 목격했다. 아이들의 이름을 부르고, 새까맣게 졸아든 건물 안으로 들어가 자신의 아이라고 가정하고 싶지 않은 흔적들을 파헤쳤다. 열아홉 명의 어린아이와 네 명의 인솔 교사가 죽었다. 자신의 반 아이들을 대피시킨 뒤 다른 아이들을 구하러 몇 번이고 불길 속으로 뛰어들었다 탈진해 죽은 교사를 포함한 숫자였다. 뼈가 다 여물지 못한 아이들은 고온에 녹아 뼛조각으로밖에 남지 않았다. 시신의 훼손 정도가 심각하다는 뉴스 보도가 있었으나 사실은 훼손이 아닌 휘발에 가까웠다.

주혁과 영주의 아이가 그곳에 있었다. 당연하다는 듯이 그곳에 있었다. 왜 아니겠는가. 그곳엔 누구의 아이든 있을 수 있었고, 누구의 아이든 죽을 수밖에 없었다.

소문의 점집 앞에서 지현은 30분을 기다렸다. 길을 따라 자리 잡은 낮은 빌라들이 공원 벤치에 조르륵 앉아 졸고 있는 노인들과 닮아 있었다. 고즈넉한 동네였다. 용한 점집 같은 게 하나쯤 숨어 있을 법한 분위기라고 지현은 생각했다. 삼십오 년 경력의 수타면 전문가나 찹쌀도너츠 장인, 마당 쓰는 빗자루를 파는 오래된 철물점 같은 것이 어딘가에서 당연하다는 듯 깃발을 나부끼고 있을 것 같았다.

—소문을 들었어요.

지현은 난감해하는 남자를 가로막고 서서 말했다. 장바

구니를 들고 느릿느릿 걸어오는 남자와 마주했을 때 그가 소위 '선녀님'일 거라곤 생각지 못했다. 문이 열리길 기다리는 동안 지현은 어딘가 바늘귀같이 생긴 사람을 상상하고 있었다. 가늘고 여유 없이 마른 얼굴에 좁은 어깨를 가진, 발자국마저 뾰족하게 남길 것 같은 그런 사람을.

때문에 평범한 인상의 중년 남자가 층계참에 앉아 있던 지현을 지나쳐 201호 문을 열었을 때에는 자기도 모르게 소리를 지르고 말았다. 뭐요? 남자가 물었다. 소문 듣고 찾아왔어요. 지현의 대답에 남자가 고개를 저었다. 남자를 뒤쫓아 문 안으로 무작정 몸을 밀어넣자 남자가 한숨을 쉬며 뒤로 물러났다. 비슷한 일이 한두 번이 아닌 모양이었다. 점집 실내는 상상만큼 비좁았고 상상 이상으로 어수선했다.

남자가 장바구니를 그루터기 형태의 거실 좌탁에 올려놓았다. 지현도 남자를 따라 메고 있던 책가방을 좌탁 옆에 내려놓았다. 방석이라 부르기 애매한 두께의 사각천이 바닥에 깔려 있었다. 지현은 그 위에 앉았다. 할머니는 지현에게 맨바닥에 앉는 건 좋지 않다고 가르쳤다. 손수건이든 겉옷이든, 아무것도 없다면 가방이라도 깔고 앉으라는 할머니의 말을 지현은 한 번도 어겨본 적이 없었다.

—이거 시장에서 받은 거죠?

남자의 장바구니는 지현에게도 익숙했다. 재래시장 상인들이 새해맞이 기념행사에서 나눠 준 경품으로, 보라색 방수 천에 노란 들꽃이 촘촘히 새겨진 것이었다. 경품 추천은 거대한 룰렛을 돌려 이루어졌는데 제주산 갈치 세 마리, 털 슬리퍼, 국산 참기름 한 병 등이 룰렛판에 적혀 있었다. 꽝이 나오면 장바구니를 주었다. 꽝이 나오지 않더라도 달라고 하면 주었다.

지현의 집에서 모퉁이 서너 개를 돌면 바로 재래시장이 나왔다. 할머니는 익숙한 걸음으로 상점에 들러 곶감과 미역과 박대 한 축을 샀다. 영수증 세 장분의 룰렛이 모두 꽝에 멈추자 머쓱한 얼굴로 웃었다. 경품을 나눠 주던 사람이 장바구니 하나에 참기름 병을 넣어주었다. 국산이라 아주 고소해요. 이후 할머니는 참기름 한 병이 다 닳도록 시장 상인이 건넨 말을 되풀이했다. 참 고소하다, 국산이라 좋구나, 덤으로 받은 거라 더 꼬숩다.

거대한 룰렛과 시장 풍경과 할머니를 떠올리자 웃음이 샜다. 보라색 장바구니를 든 할머니는 한없이 온화해 보였다. 남자 역시 비슷한 사람일지 몰랐다. 장바구니 귀퉁이에 비죽 튀어나온 파 한 단이 남자에 대한 경계심을 더욱 흐리게 만들었다.

—파는 뭐 할 거예요?

—……라면에 넣을 거다.

—직접 요리는 안 하세요, 선녀님?

장바구니를 풀던 남자의 손이 우뚝 멈췄다. 라면 세 봉지와 계란 다섯 알, 파 한 단. 담배 한 갑. 아카시아 꿀과 올리고당? 이상한 조합이라고 생각하며 지현은 다시금 공손하게 남자를 불렀다.

—선녀님, 저 소문 듣고 왔다니까요.

남자의 얼굴이 험악하게 일그러졌다.

거침없이 들이닥친 것과 달리 지현은 선뜻 말을 꺼내지 못했다. 가볍게, 가볍게, 얼마든지 물어볼 수 있을 것만 같았는데. 빌라까지 걸어오면서 몇 번이나 연습도 했는데 막상 남자를 마주하니 입이 떨어지질 않았다. 뭐가 궁금하냐면요. 지현이 헛기침을 했다. 괜히 무릎을 문지르고 옷깃을 비틀었다. 남자는 지현이 망설이게 내버려두었다. 지현이 숨을 고르는 동안 불쑥 일어난 남자가 냄비에 물을 받아 끓이기 시작했다.

남자는 라면 냄비에 계란을 푼 뒤 가위로 대충 썬 파를 없었다. 좌탁 위 벼루를 들여다보던 지현이 둥글게 깎인 벼루 모서리를 건드렸다. 할머니가 쓰던 것과 똑같은 문양의 벼루였다. 상체를 반듯하게 세운 용이 여의주를 입에 물고 앞발을 잔뜩 오그린 채 벼루에 박제되어 있었다. 화려하게 조각된 용머리 부분과 달리 비어 있는 앞발이 앙상하고 허전했다.

할머니의 벼루는 먹이 갈리는 연당 부분이 잔뜩 닳아 있었다. 먹물이 고이는 부분과 조각을 이루는 곡선이 유려하고 우아했으나 용 앞발 하나가 깨져 나가고 없었다. 지현이 어릴 때 무언가로 그래놨다는데, 지현은 물론 할머니도 그것이 무엇이었는지 기억하지 못했다. 벼루에 남은 불편한 흔적을 할머니는 한 번도 탓한 적이 없었다. 할머니의 지인들만이 때때로 벼루를 들여다보며 한탄했다. 이 귀한 벼루를 누가 이래놨대. 작품을 다 버려놨네, 아주 그냥 돌멩이를 만들어놨어.

남자의 벼루는 할머니 것과 정반대였다. 똑같은 조각의, 똑같은 크기의 것이었으나 사용한 흔적이 전혀 없었다. 표면이 반들반들하고 깨끗한 벼루가, 무엇보다 짝을 이루고 있는 용의 앞발 두 개가 지현에겐 더없이 낯설었다.

—이거 되게 비싼 벼루랬는데.

—…….

—우리 할머니가 똑같은 벼루를 가지고 있거든요. 할머니 친구들이 그랬어요. 중국의 명인이 죽기 전에 짝으로 딱 한 벌 만들어둔 벼루라고요. 여기 낙관도 똑같은데. 그거 맞는 거 같은데.

남자가 좌탁에 라면 냄비를 놓았다. 밥그릇과 젓가락을 두 개씩 가져와 자신의 앞에 하나, 지현의 앞에 하나 놓았다.

—먹어.

—모르는 사람이 주는 거 함부로 먹으면 큰일 난댔어요.

—모르는 사람 집에 함부로 들어오는 게 더 큰일이야.

그릇에 던 라면을 지현 앞에 놓아주고 남자는 냄비째 끌어다 라면을 먹기 시작했다.

지현 앞에 유리컵 하나가 놓였다. 라면을 다 먹은 뒤 남자가 내준 것은 아래 가라앉은 것이 다 녹지도 않은 다디단 꿀물이었다. 남자는 자신의 몫으로 믹스커피를, 지현의 몫으로 꿀물 한 컵을 내놓고 장바구니에서 꺼낸 올리고당 병을 가져왔다. 벼루 옆에 놓여 있는 얇은 화병의 존재를 지현은 그제야 깨달았다.

화병에는 나뭇가지 하나가 꽂혀 있었다. 진한 초콜릿색 가지는 잎이나 곁가지를 한 번도 틔워본 적 없다는 듯 결이 매끈했다. 가지 끝에 띄엄띄엄 눌린 잇자국이 있었는데, 정말 잇자국일까 싶어 지현은 나뭇가지를 이리저리 살폈다. 남자가 올리고당을 화병 안에 쭉 짜 넣었다.

—애완용 가지예요?

—뭐?

—이거요. 선녀님이 기르는 애완용 가지인가 해서요. 나도 이런 거 있거든요. 얼마 전에 학교 정원에서 주운 건데, 동그란 씨눈 같은 게 달린 쬐그만 가지예요. 엄청 귀엽고 손에 쥐고 있으면 마음이 편안해져요. 혹시 꽃이 피는 건가 싶어서 내 방 화분에 심어놨어요. 로즈마리 화분인데, 그게 뭐냐면요.

—하고 싶은 말.

—네?

—하고 싶은 말. 이제 해야 되는 말을 해.

남자가 믹스커피를 마셨다. 따라서 꿀물을 한입 마신 지현의 얼굴이 복잡해졌다.

—……소문을 들었어요. 여기 다른 건 하나도 못 맞추는데, 사람 죽는 거 하난 기가 막히게 잘 맞춘다고요. 사신이 붙었다고. 다른 점쟁이들은 애기동자나 장군귀신이 붙는데 여기 선녀님한테는 사신이 붙었다고 그랬어요.

—그런 얼토당토않은 소문을 어디서.

—여기 슈퍼집 할머니 다녀가셨죠? 할아버지가 파란티셔츠 입고 있는 날 슈퍼 앞 평상에서 쓰러질 거라고 말했다면서요. 할머니가 그거 듣고 파란 옷을 죄다 갖다버렸는데, 하필 노인정에서 나눠 준 단체복이 파란색이었대요. 할아버지, 죽었어요. 지지난주에.

—…….

—선녀님 그거 모르죠? 전에 우리 학교 선생님이 선녀님이랑 마주친 적도 있어요. 겨울방학 때요. 버스정류장에서 선녀님이 그랬다면서요. 아기를 위해 아무것도 준비하지 말라고, 그 애랑 못 만날 거라고. 만삭인 사람한테 그게 무슨 악담이냐고 선생님이 펄펄 뛰었어요. 동네에 미친 사람이 다니니까 조심하라면서요. 근데 그 선생님, 이번 학기 시작하고는 못 만났어요. 그 애기, 잘 안 됐대요. 선생님 휴직했어요.

—그건…… 유감이구나.

—여기 오면 안 된다고, 사신이 옮겨붙을지도 모른다고 반 애들이 그랬어요. 보통은 알고 싶지 않잖아요. 피할 수 있는 것도 아닌데 죽음의 예고장 같은 걸 미리 받아버리는 거니까. 선녀님 되게 무책임해요. 다른 점쟁이들은 액땜할 수 있게 부적도 써주고 굿도 해주고 그런다는데. 선녀님은 그냥, 죽습니다, 하고 끝이라면서요. 치사하게.

—…….

—그래도 나는. 알고 싶어요. 꼭 알고 싶은 게 있어요.

지현이 무릎에 놓인 책가방 끈을 꽉 잡았다. 새학기 진단평가가 끝나자마자 빌라로 달려오면서 몇 번이고 연습했던 질문을 던질 차례였다. 아무것도 아니야. 지현은 층계참에 앉아 가슴을 콩콩 두드리며 했던 말을 다시금 되뇌었다. 이윽고 지현이 물었다.

—우리 할머니. 죽어요?

—…….

—우리 할머니 지금 중환자실에 있어요. 폐렴 치료하러 들어가서는 갑자기 패혈증에 이상한 감염증에 난리도 아니에요. 벌써 세 달째인데, 의사를 만날 때마다 병명이 달라져요. 금방 죽어버릴 것 같아서 무서워죽겠어요. 근데 아빠는, 우리 아빠는 나더러 수학여행을 다녀오래요. 평생

한 번뿐인 추억이라고. 할머니는 괜찮을 거니까 걱정 말고 다녀오래요. 우리 할머니도 그랬어요. 한 번뿐인 건 무조건 소중한 거라고. 기회를 놓치면 안 되는 거라고. 그렇지만 나는요. 그건 아닌 것 같거든요. 나는 할머니 옆에 있고 싶거든요. 할머니 죽음도 한 번뿐이잖아요.

지현이 쏟아내듯 말했다.

—그러니까 말해주세요. 우리 할머니. 죽어요?

—……안 죽어.

남자가 시큰둥한 목소리로 대답했다.

—너네 할머니가 죽는 장면 같은 건 안 보인대.

—정말요?

—사신. 흐음. 사신이 말하는 거니까 확실하겠지.

지현이 튀어 오르듯 상체를 일으켰다. 좌탁에 무릎이 부딪치는데도 아랑곳 않고 양다리를 발버둥 치듯 털었다. 남자는 커다랗게 벌어진 지현의 입을, 요란한 소리를 내며 웃는 통에 어깨까지 덜덜 떨리는 지현의 몸을 바라보았다. 한참을 웃던 지현이 맥이 풀렸는지 좌탁 위로 엎어졌다. 벼루가 뒤로 물리며 덜걱 소리를 냈다.

—괜히 쫄았네. 아아, 시원하다. 고마워요, 선녀님.

유쾌한 목소리와 달리 지현의 손끝이 떨리고 있었다.

—선녀님한테 붙은 사신, 진짜였음 좋겠다. 아니, 다들 진짜랬으니까. 잘됐다.

지현은 한참 만에야 가방을 들고 일어섰다. 현관으로 곧장 나가는가 싶더니 휙 몸을 돌려 남자에게 돌아왔다. 여기요. 지현이 5천 원짜리 지폐 한 장을 내밀었다.

—이게 뭐야?

—슈퍼집 할머니가 그러던데요. 점 한 번 치는 데 5천 원이라고.

나뭇가지는 오래도록 입을 다물고 있었다.

주혁은 슬그머니 화병에서 나뭇가지를 꺼내 마른 수건으로 감아두었다. 꿀이며 올리고당에 너무 오래 잠겨 있어 표면이 부풀거나 벗겨졌을까 싶어서였다. 나뭇가지는 여전히 매끈하고 단단했다. 처음보다 가늘고 길어진 느낌이 들기도 했다. 주혁은 화병을 물로 여러 번 헹궈냈다. 화병 역시 햇볕에 잘 말려둘 생각이었다.

아이가 쏟아낸 말들이 마음에 걸리기는 주혁 역시 마찬가지였다. 피할 수 있는 것도 아닌데 죽음의 예고장 같은 걸 받아버리는 거니까. 선녀님 되게 무책임해요. 아이의 말이 신발 속에 굴러든 작은 돌처럼 잘각거렸다. 돌이켜보면 주혁을 아는 대부분의 사람들이 그런 말을 했었다. 무책임하다는 말을 가장 많이 했던 사람은 단연 영주였다.

그러나, 라고 주혁은 생각했다. 죽음을 준비할 수 있다면, 이라고도 생각했다. 돌연 날아든 최후통첩에 망연해지는 것과 예고된 유예기간 동안 불안과 공포에 시달리는 것. 어느 쪽이 더 나은지 쉽게 판단이 서질 않았다. 그나마 확실한 것이 있다면 후회의 강도 정도가 아닐까.

주혁은 매일매일 후회했다. 아이에게 했던 마지막 말과 마지막 행동과 마지막 강요에 대해서. 만일 누군가 주혁에게 아이와 헤어지는 순간에 대해 경고했다면 주혁은 매일 매순간이 마지막이라 생각해 소중히 여겼을 것이다. 아이가 하는 모든 말과 몸짓에 귀 기울였을 것이다. 단 한 음절도, 찰나의 표정도 놓치지 않았을 것이다. 모조리 눈에 담고 뇌에 저장해두었을 것이다.

주혁이 잘 마른 나뭇가지를 화병 안에 넣었다. 새로 사온 아카시아 꿀을 한 스푼 덜어주자 나뭇가지가 초연한 얼굴로 꿀을 빨아 먹기 시작했다. 초연하다니. 결국 나뭇가지의 얼굴이 보이기 시작한 건가. 주혁이 심란해하는 사이 나뭇가지가 말을 건넸다.

—아저씨. 아까 그 애 말이에요. 뭐 이상한 거 없었어요?

—안 이상한 게 없었지.

—그건 그렇죠.

나뭇가지가 작게 웃었다. 아이는 무작정 쳐들어온 사람 중 가장 어렸고, 가장 천연덕스럽고, 가장 뻔뻔했다. 마지막 5천 원에는 정말 허를 찔렸지. 주혁은 누나가 화를 내며 소리쳤던 말들을 떠올렸다. 동네 노인네며 5천 원이며 떠들어댔던 게 전부 사실인 모양이었다.

—사실은 아까 말이에요.

—응?

—사실은 아까 그 애, 안 보였어요.

—그래, 안 보인다며. 그래서 그렇게 말해줬잖아. 안 죽는다고.

—그게 아니라 안 보였다고요. 아무것도.

—무슨 소리야?

나뭇가지가 머뭇머뭇 말을 이었다.

—다른 땐 죽음과 연계된 장면이 없으면 아무것도 달라

지질 않거든요. 평범하게요. 근데 그 애가 날 잡았을 때는 주변이 부옇게 흐려졌어요. 안개 속에 빠진 것처럼 주변이 하나도 안 보이고 다만 흐리게.

—못 읽는 사람도 있나 보지.

주혁이 대수롭지 않게 답했다.

—애초부터 너 사짜였잖아. 신의 영역에 투잡이 어딨어. 사신이니 수호신이니 떠들어대도 너는 그냥 반편이였던 거지. 아, 그거 좋다. 반편이. 반쪽.

주혁이 손뼉을 쳤다.

—같이 지낸 지 석 달은 됐는데 마땅히 부를 이름 하나 없는 게 신경 쓰였거든. 나뭇가지야, 하고 부를 수도 없고. 그러면 되겠다. 반쪽이라고 부르면 되겠어.

나뭇가지가 화를 내는 통에 화병 안에서 챙강챙강 잔소리가 일었다. 주혁은 해가 지도록 반쪽아, 반쪽아, 하고 놀리다가 결국 타협했다. 나뭇가지의 이름은 반쪽을 줄여서 반이 되었다.

반.

고깔 모양으로 노랗게 번진 가로등 불빛이 거실을 망망히 밝혔다.

동생은 늘 남들보다 한마디가 많은 사람이었다.

해원은 동생을 떠올릴 때마다 동생의 얼굴보다 저 문장이 먼저 떠오르는 게 못내 아쉬웠다. 그러면 안 될 것 같았다. 문장 안에 담긴 부정적인 감정과 짙은 피로가 동생의 이름을 더럽히는 것만 같았다. 그럼에도 동생에 대해 제일 잘 알려주는 말은 저것이었다. 동생은 남들보다 늘 한마디가 많은 사람이었다.

동생을 한 번이라도 만나본 사람들은 동생에 대해 결코 잊지 않았다. 이름만 던져져도 이런저런 일화들이 쏟아져 나왔다. 처음에 해원은 그것이 신기했다. 해원은 타인에게 잘 기억되지 않는 사람이었다. 풍경 속에 흔하게 박힌 가로수에 가까웠다. 병들어 새카맣게 그을리거나 태풍에 뽑혀 나가지 않는 이상 특별히 이름 붙여질 일도, 기억될 일도 없었다. 동창회에 나가면 해원을 둘러싼 친구들의 대화는 모호할 때가 많았다. 아, 너가 해원이었나? 전에는 머리가 더 길지 않았어? 좀 조용한 이미지였던 것 같은데. 뒤쪽 자리, 키가 커서 뒤쪽 자리에 앉았었나 보다. 난 앞자리여서 마주칠 일이 별로 없었나 봐.

해원은 키가 컸지만 눈이 나빠 늘 앞자리에 앉았다. 중학교 때 학칙 때문에 단발머리를 한 이래로 머리칼은 늘 턱선에 맞춰 일정하게 잘랐다. 모발이 얇고 잘 엉키는 탓에 어깨 너머로 길러본 일이 한 번도 없었다. 해원은 대체로 조용히 앉아 있었으나 그건 수업 시간에 딱히 입을 열 일이 없기 때문이었다.

그런 동창들조차도 해원의 동생 얘기가 나오면 더없이 또렷해졌다. 해림이? 숭문여고 정해림? 당연히 기억하지. 걔 입학식에서 교장선생님한테 따졌던 애잖아. 신입생도 의자에 앉게 해달라고. 교무실 앞에서 일인시위도 했었지? 교무실이 아니라 교육청이지. 아냐, 둘 다야. 교무실

교육청 시청 청와대 개가 안 간 데가 없었어.

해원은 동생과 두 살 터울이었으므로 학창 시절의 접점이 많았다. 해원과 해원의 동생은 같은 초등학교에 다녔고, 지역 내 같은 중학교 고등학교로 차례차례 진학했다. 학내 활동도 겹치는 게 많아서 초등학교 때는 해양소년단과 미술부를, 중학교 때는 독서토론부를 함께했다. 해원은 경쟁률이 높지 않은 것을 골랐고 동생은 관심 가는 것을 골랐음에도 결과는 늘 비슷했다.

—너 미술을 좋아했어?

부실에서 마주친 동생에게 해원이 놀라 물었다.

—아니. 난 미술을 못하니까. 미술부는 그림 그리는 걸 알려주는 데 아냐?

그러나 미술부는 이미 그림을 잘 그리는 아이들이 모이는 곳이었다. 소질 있어 보이는 아이를 선생이 일부러 입부시키기도 했다. 그런 아이들이 지역대항 미술대회를 준비하는 동안 해원과 해원의 동생은 미술실 구석에 방치되었다. 이름뿐인 미술부원은 두 사람 말고도 더 있었는데, 그들은 아예 미술실에 오지 않았다. 해원은 나중에서야 그들이 수학경시대회나 과학발명품대회 등등을 준비하는 특별반 소속임을 알았다.

선생은 미술부에서 두 사람이 무얼 하건 신경 쓰지 않았다. 간혹 불러다 양동이 물을 갈아 오라거나 책상에 묻은 물감 자국을 지우라고 시켰다. 자유주제 그리기, 라고 칠판에 쓰여 있었으므로 해원은 창밖의 나무나 등 돌리고 앉은 아이들의 뒷모습, 의자와 꽃병 같은 걸 그리곤 했다. 괜찮네. 선생은 종종 그렇게 말하며 해원을 지나쳤다.

동생이 미술부에 제출한 첫 그림은 라스코 동굴 벽화의 패러디에 가까웠다. 선과 면으로 단순화된 새 두 마리가 지나치게 넓은 스케치북 중앙에 그려져 있었다. 동생은 크로마뇽인이 아니었으므로, 질감과 양감과 명암 등등이 모두 실종된 그 그림은 특별활동 시간 내내 놀림거리가 되었다.

—불공평해요.

동생은 스케치북을 손에 꽉 쥔 채 항의했다. 원자력에너지 공모전 준비를 하는 미술부원 그림에 구도를 잡아주고 있던 선생이 고개를 돌렸다. 뭐라고?

—불공평해요. 잘하는 사람보다 못하는 사람이 선생님한테 더 많이 배워야 하는 거 아닌가요?

—네가 못하는 건 알고 있구나.

선생이 코웃음 치며 말했다.

—수학을 못하면 수학 학원에 가고 영어를 못하면 영어 학원에 가잖니? 미술을 못하면 미술 학원에 가렴. 여기서 잘하는 사람 방해 말고.

동생은 성장한 뒤에도 툭하면 그날의 기억을 떠올리며 분해했다. 내가 6학년만 됐어도 달리 따질 말이 떠올랐을 거야. 그러나 당시 6학년이었던 해원은 아무 말도 하지 않았다. 해원은 스케치북과 물감 외엔 달리 준비물이 없다는 얘기에 미술부에 들어갔다. 특별활동 시간마다 부실 뒤편에 물감 양동이처럼 놓여 있다가 돌아오는 것도 나쁘지 않았다. 고작해야 일주일에 두 시간일 뿐이었다. 그림 잘 그리는 아이들이 특별 지도를 받아 대회에 나가고, 수상 실적으로 학교 명예를 드높이는 것도 괜찮은 일인 것만 같았다.

다만 불공평해요, 라고 항의하던 동생의 목소리가 때때로 해원의 귓속을 굴러다녔다. 불퉁하고 앳된 목소리, 어금니를 꽉 깨문 얼굴을 떠올리게 만드는 단단한 목소리가. 그럴 때면 옆구리가 따끔하게 저려왔다. 절로 몸이 굽

어질 만큼의 따끔함이었다.

미술부를 그만둔 뒤 동생은 내내 풀이 죽어 있었다. 그러다 해원을 따라 해양소년단에 입단한 뒤엔 기이할 정도로 열의에 넘쳤다. 언니, 진취적인 기상이 뭐야? 언니, 나는 이 부분이 제일 마음에 들어.

하나, 단원은 난관을 용기로 극복한다.

하나, 단원은 정의로운 생활을 한다.

언니는? 언니는 뭐가 제일 좋아?

해원은 친구를 따라 해양소년단에 입단했고, 구호나 규칙을 일일이 살펴본 적도 없었다. 외우라면 외우고 외치라면 외쳤다. 그럼에도 해양소년단 팸플릿의 '나가자! 바다로!' 같은 구호에 손가락을 짚어주었다. 단복 허리에 붙은 구명승 고리 같은 걸 설명해주기도 했다. 너 수영은 할 줄 알아? 짐짓 으름장을 놓으면 동생은 팸플릿을 정리하다 말고 양팔을 휘저어 보였다. 그런 모습을 구경하는 동안 미술실에서 들었던 불공평해요, 같은 말은 파도에 밀려 기억 저편으로 밀려나는 듯했다. 해원은 그러고 싶었다. 단조롭고 가벼운 일상 속에서 대수롭지 않은 것들에 대해 동생과 깔깔대고 싶었다. 누구에게도 비난받지 않을 사소한 것들에 대해서만.

해원의 부모는 단복 세트를 새로 구매해야 한다는 사실에 크게 낙담했다. 해양소년단은 기본 단복에 훈련복이 따로 있었고, 모자와 배낭과 점퍼까지 구색을 맞추자면 상당한 금액을 지불해야 했다. 해원의 동생은 훈련복 대신 학교 체육복을 입어도 된다는 말을 전혀 듣지 않았다. 외부 활동이 아닌 교내 활동 시간에 베레모까지 갖춰 나타나는 단원은 동생뿐이었다. 단복에 대한 유난한 고집 탓에 동생은 금세 눈에 띄었다. 그 옆을 종종대고 걷는 해원 역시 누군가의 입에 오르내리는 일이 많아졌다.

해양소년단에서 해원과 동생은 홀쭉이와 뚱뚱이로 불렸다. 마르고 키가 큰 해원과 키가 작고 동글동글한 동생의 체형 때문이었다. 해원은 웃어넘겼으나 동생은 그렇게 불리는 족족 따지러 다녔다. 너는 성격 좋게 생겨서는 뭐 그렇게 까칠하게 구냐. 그렇게 말하는 소년단 선생에게 성격 좋게 생긴 건 어떤 건데요? 따지기도 했다. 해원은 자신에게 별명이 붙는 일이 처음이라 즐거웠지만 동생이 화를 내는 일이 잦아질수록 민망해졌다. 소년단 활동 중에도 동생이 속한 조에서는 종종 큰소리가 들려왔다. 4학년 신입단원이 6학년 조장을 밀어낸 일은 소년단 내에서도 전설처럼 남았다.

—조장님은 활동일지를 한 번도 쓴 적이 없잖아요?

동생이 속한 조에서 조장을 맡은 사람은 6학년 남자아이였다. 4학년이 두 명, 5학년과 6학년이 각각 한 명씩인 조였으니 최고 학년이 조장을 맡는 건 당연해 보였다. 그런 조장에게 해원의 동생은 조목조목 따져 물었다.

—4학년 신입 단원에게 규칙을 설명해주는 것도 조장님 몫인데 안 했죠? 저번 활동 때는 조장님이 한눈파는 바람에 우리 조만 안내문을 못 받았어요. 활동계획서는 제가 갖다 냈고 선생님께 배지 받아오는 건 5학년 조원이 했어요. 조장님은 뭘 하셨어요? 조원들에게 어떤 모범을 보이셨어요?

주변으로 아이들이 몰려들자 6학년 조장의 얼굴이 새빨개졌다. 동생은 책임감이 없다, 라는 말을 몇 번이고 반복했다. 쉬는 시간이 끝날 즈음 돌아온 선생이 아이들이 몰려 있는 쪽으로 뛰어왔다. 무슨 일이니? 선생의 물음에 동생이 대답했다.

—선생님, 저희 조 조장을 바꿔주세요. 지금 조장은 배지를 달 자격이 없어요. 조장, 아니, 저 단원은…….

동생이 숨을 한껏 들이마신 뒤 말했다.

—저 단원은 조금도 정의롭지 않아요.

해원이 초등학교를 졸업할 즈음 둘의 별명은 타이거와 푸우로 바뀌어 있었다. 그건 괜찮아? 해원이 묻자 동생은 그건 캐릭터니까 괜찮아, 라고 말했다. 홀쭉이와 뚱뚱이. 타이거와 푸우. 두 별명이 뭐가 다르다는 건지 해원은 이해할 수 없었지만 그냥 고개를 끄덕였다.

*

고교를 졸업한 직후 대학 기숙사로 들어가면서 해원은 집에 발길을 끊다시피 했다. 딱히 마음 상한 일이 있다거나 껄끄러운 부분이 있어서가 아니었다. 대학 생활이 너무 바쁜 탓이었다.

등록금과 기숙사비, 식비처럼 굵직굵직한 것을 부모가 부담하는 대신 해원은 자신의 용돈을 비롯한 잡비를 스스로 벌기로 했다. 그러나 잡비라고 하기엔 달마다 너무 많은 돈이 들었다. 계절에 맞는 옷과 신발, 용도에 맞는 가방, 교재비와 부식비, 동아리회비, 각종 학원비와 그에 따른 기타 지출. 해원은 아르바이트로 바쁜 와중에도 성적을 내기 위해, 취업 준비를 미리 해두기 위해 애썼다. 해원 주변 학생들 대부분이 그랬다. 느슨하고 여유로운 생활은 오히려 쉽게 비난받았다.

무리 안에 포함되는 것.

모두와 같은 방향으로 헤엄치는 것.

어른이 되는 과정은 그처럼 간단했다. 그리고 그것은, 해원이 가장 잘할 수 있는 일이었다.

해원은 동생의 고교 생활이 순탄치 않음을 알고 있었다. 사실상 해원이 집에 가지 않게 된 원인 중 하나이기도 했다. 해원의 부모는 해원에게 수시로 전화를 걸어 하소연하거나 분노하거나 애걸했다.

―네가 와서 얘기해보면 안 되니? 해림이가 네 말은 잘 듣잖아.

해원은 대답하지 않았다. 당장 해원 앞에 산적한 문제만 해도 끝이 없었다. 바뀐 환경에 적응하는 것도, 학과 내에 암묵적으로 작동하는 기이하고 편협한 규율에 익숙해지는 것도, 현재 과제를 수행하는 동시에 미래 과제를 예측해 수행하는 것도 해원에겐 모두 버거웠다. 동생의 시답잖은 투정이나 들어주고 있을 시간이 없었다. 엄마가 너무 받아주니까 그렇잖아. 사흘이 멀다 하고 걸려오는 전화에 해원은 결국 폭발하고 말았다.

—어릴 때부터 엄마 아빤 그랬어. 걔가 하는 말은 무조건 다 들어주고 칭찬해주고. 언제까지 어리광을 받아줄 셈이야? 걔가 정의의 사도라도 돼? 세상 비리는 자기가 다 바로잡겠대? 요즘은 초등학생도 그런 영웅 심리 안 믿어. 엄마 아빠가 그렇게 키워놓고서 왜 나더러 해결을 하래. 내가 무슨 수로 해결을 해?

—너 무슨 말을 그렇게 매정하게…….

—이번엔 또 뭐랬더라, 수행평가? 전교 일등하는 애가 수행평가를 인터넷에서 베껴왔는데도 최고점을 받았다고? 그럼 좀 어때서? 전교 일등이라며, 그런 애 내신을 어느 선생이 깎아놓고 싶겠어. 정 억울하면 전교 이등더러 시위하라고 해, 그럼 타당성이라도 있지. 왜 상관도 없는 해림이가 학교 로비에서 시위를 하는 건데? 다른 사람들은 신경도 안 쓰는데 왜 혼자 난리냐고. 지난달에도 그랬지. 교장이 급식 업체에서 돈을 먹었든 말든 지랑 무슨 상관이라고. 급식 환경이 열악해? 그럼 매점에서 빵 사 먹으라고 돈을 줘. 제발 유난 좀 그만 떨라고 해!

부모는 더 이상 동생 얘기를 해원에게 전하지 않았다. 부모가 조심스러운 목소리를 낼 때마다, 은근히 화제를 돌릴 때마다 해원은 죄책감을 느꼈으나 그뿐이었다. 죄책감이든 부끄러움이든 그런 건 한가한 사람에게나 유효한 감정이었다. 연민에 빠져 허우적댈 시간에 대학생 창업지원공모 제출서류를 확인하는 게 훨씬 생산적이었다.

그럼에도 못 견디게 마음이 무거워질 땐 동생에게 문자를 보냈다.

공부는 잘하고 있니. 필요한 게 있으면 연락해.

간결한 안부를 전한 뒤엔 마침표처럼 진심을 끼워 넣기도 했다.

너는 좀 온화해질 필요가 있어.

아니.

동생은 대답했다.

온화한 것과 우둔한 건 달라. 인내하는 것과 비겁해지는 게 다른 것처럼. 언니는 어느 쪽이 옳다고 생각해?

어느 쪽도.

해원이 대답했다.

나는 어느 쪽도 선택하고 싶지 않아.

*

동생과의 재회는 급작스럽게, 전혀 예상치 못한 장소에서 이루어졌다. 봄이 되면서 해원은 예정대로 휴학을 했다. 캐주얼 의류를 전문으로 제작 판매 하는 업체에 인턴사원으로 입사했고 그것은 절대적으로 옳은 선택이었다. 해원은 그간 자신이 살아온 세계가 형편없이 좁고 낡은 우물 속이었다는 사실을 깨달았다. 모순되게도 그 우물 안이 가장 안전한 세계였다는 사실도.

사회생활이라고 하지만 육 개월짜리 인턴인 해원이 하는 일은 파트타임 아르바이트생과 크게 다르지 않았다. 해원은 명동과 동대문, 가로수길, 홍대 등지로 시장조사를 나갔다. 중국인들이 유난하게 찾는 보세 옷가게를 염탐하거나 옷가게 전면에 내걸린 옷들을 몰래 촬영했다. 스타일 좋은 사람을 골라 패션잡지 기자를 사칭해 사진을 찍기도 했다. 마케팅 부서에 배속된 자신들이 하는 일이 어떤 의미를 갖는지 궁금해할 필요는 없었다. 회사에 크고 작은 행사들, 특히 이벤트성 기획전이 열리면 해원은 두 배로 바빠졌다. 사은품으로 나눠 주는 티셔츠를 포장하거나 500개쯤 되는 박스를 접고 행사 팻말을 만들었다. 행사장에 테이블을 깔고 체험 부스를 설치하고 응모권을 확인하고 입장객들에게 생수병을 나눠 준 뒤 정작 행사가 시작되면 복도로 밀려나는 것. 그게 해원에게 주어진 일이었다.

혜화역 신설 매장에 지원 나간 당시에도 해원은 지금껏 해왔던 일을 했다. 창고 안에 쌓인 상품들을 품목별로, 사이즈별로 선반 위에 정리하고 매장 안 어질러진 옷들을 보기 좋게 개키고 모자란 옷걸이 개수를 체크했다. 카운터에 서서 고객 스마트폰에 어플을 설치하고 할인쿠폰을 다운받아주었다. 해원과 함께 파견된 직원은 점심시간부터 가게 앞에 설치된 솜사탕 기계에 붙어 있었다. 솜사탕을 받은 행인들이 매장 안으로 들어오게끔 유도하는 것이 그의 일이었다.

퇴근시간 즈음엔 해원도 직원도 녹초가 되어 있었다. 회사로 다시 들어가 보고서를 제출하고 부족한 물품청구서도 써야 했다. 옷을 갈아입는 동안 해원은 머리카락 곳곳에 붙은 먼지와 실밥을 떼어냈다. 탈의실에서 나오니 직원이 물티슈로 몸 이곳저곳을 문지르고 있었다. 가늘게 늘어진 솜사탕 실이 직원의 정수리와 팔꿈치 근처에서 팔락였다.

—튀김덮밥을 먹고 갈까.

직원이 주차장에서 차를 빼다 말고 물었다. 구내식당은 벌써 문을 닫았을 시간이었다. 소극장 앞에 줄 선 사람들을 피해 직원은 주도로 쪽으로 차를 돌렸다. 사람들이 앞을 마구 질러가는 통에 차는 더듬더듬 골목을 빠져나갔다.

—길 건너 번화가가 끝나는 쪽으로 가면 오래된 덮밥집이 있거든. 거기는 한가해. 테이블도 한가롭고 맛도 한가롭지.

해원이 애매하게 고개를 끄덕였다. 차는 이동하는 시간보다 멈춰 있는 시간이 더 길었다. 때마침 지하철이 도착했는지 혜화역 출구에서 사람들이 쏟아져 나왔다. 사람들은 골목에 서 있는 차가 고무 장식품이라도 되는 것처럼 옆을 통통 치고 지나갔다.

—주인장이 재료 튀기는 모습을 테이블에서 다 볼 수 있거든. 튀김이라는 게 되게 부산하고 번잡하고 그럴 것 같잖아? 근데 거기는 아냐. 주인장이 긴 나무젓가락에 가지나 호박 같은 걸 끼워서 기름에 휘휘 두르거든. 붓으로 그림 그리듯이 솥에서 이렇게 이렇게 곡선으로.

직원이 양손을 허공에 뻗어 둥글게 휘저었다.

—그걸 보고 있자면 여유롭다는 생각이 절로 든다고.

팔목 빠지게 나무젓가락 휘저어 솜사탕 쌓는 거랑 차원이 다르지. 근데 사람들이 왜 이렇게 몰리지? 버스킹이라도 하나?

해원은 대답하지 않았다.

길모퉁이에 해원의 동생이 서 있었다. 지하철 출구와 횡단보도와 소극장과 술집과 소규모 식당들이 밀집해 있는 골목의 접점이었다. 사람들이 얇은 벽처럼 동생 주변을 감쌌다. 이전 사람들이 빠져나가고 새로운 사람들이 몰려드는 사이사이 동생의 모습이 명확히 보였다. 해원은 보조석에 앉은 채 하얗게 드러난 동생의 가슴을 바라보았다.

—뭐야, 시위야? 한가롭구만.

직원은 아예 핸들에서 손을 떼고 있었다.

—모피라. 모피, 그거 끔찍하지. 본 적 있거든, 모피 공장에서 동물 도살하는 걸 촬영한 동영상을. 어쩌는지 알아? 전선에 연결된 요만한 금속 막대기를 너구리 항문에 꽂아. 그러곤 고압 전류로 지지는 거지. 너구리 속이 새까맣게 타서 죽는 대신 껍데기는 말짱하거든. 내가 웬만한 호러 영화는 꿈쩍도 않는데 그건 끔찍하더라고. 그렇지. 그건 막아야지. 근데 왜 한여름에 모피 반대 시위를 하지?

마케팅의 기본이 안 되어 있구만.

모피 반대 시위를 하는 사람은 서너 명 정도였다. 간이 테이블과 이젤로 받쳐 전시한 사진들은 직원이 얘기한 것과 비슷한 내용인 듯했다. 모자를 쓴 사람이 전단지를 돌렸다. 마스크를 쓴 사람이 붉은색으로 쓴 '모피OUT' 피켓을 들었다. 맨 얼굴에 안경을 쓴 사람이 성능이 좋지 않은 확성기를 들고 떠들어댔다. 모피를 입느니 차라리 벌거벗자 하는 식의 말들이었다. 그 중간에 해원의 동생이 우뚝 서 있었다. 모자도 마스크도 안경도 쓰지 않은 맨 얼굴로, 아무것도 걸치지 않은 상체를 환히 드러낸 채였다. 모피OUT. 붉은 물감으로 썼음직한 글씨가 동생의 가슴을 가로질렀다.

—한겨울에 나체 시위를 하면 추우니까 그런가. 대학로엔 모피 취급점도 없을 텐데 이상한 시위네. 어때?

—어떻다니 뭐가요?

—튀김덮밥 말이야. 먹으러 갈 거냐고.

해원은 고개를 끄덕였다. 튀김덮밥이든 뭐든 빨리 그곳에서 벗어나고 싶었다. 햇빛에 하얗게 반사되는 동생의 가슴에서, 그걸 손가락질하며 휴대폰으로 촬영하는 사람들 틈에서 도망치고 싶었다. 사람 벽이 문득 허물어진다 싶더니 경찰 두 명이 안으로 파고들었다. 경찰이 잿빛 담요로 동생의 몸을 가렸다. 동생이 몸을 비틀어 가슴을 내놓자 다시금 정면을 가렸으나 몸에 직접 손을 댈 순 없는 모양이었다. 미끄러지듯 자꾸 빠져나오는 동생의 흰 가슴을, 해원은 더 이상 바라보지 못하고 고개를 돌렸다.

부끄러움. 그랬다. 그 순간 해원이 느낀 감정은 부끄러움이었다.

시위 자체나 내용 같은 건 아무렇지 않았다. 모피를 얻기 위한 비윤리적 도살 행위라니 마땅히 규탄할 만했다. 다만 왜 동생은 모자를 쓰지 않나. 왜 마스크를 쓰고 전단지를 돌리는 평범한 시위에 만족할 수 없나. 모피를 입느니 벌거벗겠다면 왜 모두가 벗는 게 아니라 동생만 벗는가. 어째서 한여름에, 모피 공장 앞도 아닌 대학로 한복판에서, 모피로 만든 물건이라곤 하나 사본 적도 없을 자신의 동생만이.

해원은 덮밥집에 가서도 주체할 수 없을 만큼 수치스러웠다. 온센타마고를 씹다 뜨거운 노른자가 튀어나와 입천장을 데였을 땐 차라리 다행스러웠다. 얼굴을 일그러뜨릴

합당한 이유가 생긴 탓이었다.

*

해원은 수십 통의 SNS 쪽지와 문자메시지를 받았다. 동생의 모피 반대 반나체 사진이 모자이크 상태로 인터넷기사에 올랐을 때. 혜화역에서 동생을 촬영한 사람들이 그나마의 모자이크도 없이 사진을 유포했을 때. 이렇게 많은 사람들이 자신의 연락처를 알고 있었던가 의아해질 정도였다.

해원과 전혀 상관없는 사람들이 연락해오는 일도 많았다. 간호학과를 좋은 성적으로 졸업해 종합병원에 취직한 동생이 내부 고발자로 시사 프로그램에 나왔을 때. 선배들의 괴롭힘을 견디다 못한 신입 간호사가 자살한 뒤 열린 규탄 시위를 촬영한 사진에서 오로지 동생만이 맨 얼굴을 드러냈을 때. 부당한 징계와 해고를 철회해달라고 동생이 종합병원 앞에서 일인시위를 시작했을 때.

해원은 SNS 계정을 모두 삭제했다. 전화번호를 바꾸고 낯선 번호들을 차단했다. 해원의 부모는 사십 년간 살아온 동네를 떠나 누구도 해원의 동생을 모르는 곳으로 이

사했다. 동생만이 어떠한 타격도 입지 않은 것처럼 행동했다. 종합병원에서 해고되고 이후 수도권 내의 어떤 병원에서도 동생을 받아주지 않고 각종 소송에 휘말리고 맹렬하고 악의적인 수천 개의 악플이 인터넷에 퍼져 있음에도 해원의 동생은 지치지 않고 목소리를 냈다. 부모는 해원에게 전화해 그저 침묵했다. 의도된 침묵이 아니라 무의식적으로 새어 나오는, 한숨처럼 무심코 시작되었으나 결코 깨지지 않는 침묵이었다.

해원은 이사한 집으로 찾아갔다. 해원의 동생은 여전히 부모의 집에 빌붙어 살고 있었다. 부모가 주는 밥을 먹고 부모가 사준 옷을 입었다. 시위 현장으로 가는 차비조차 부모가 준 돈이었다. 해원은 새벽이 되어서야 제 방으로 기어드는 동생을 낚아챘다.

—언제까지 그러고 살 거야? 한 사람 몫도 제대로 못 하면서 언제까지 남 탓만 할 셈이야?

—병원으로 돌아갈 거야. 애초에 부당 해고였잖아. 병원으로 돌아가서 내 일을 할 수 있게 되면 모든 게 해결돼.

—네가 고발했던 사람들 중 제대로 처벌받은 사람이 한 명이라도 있긴 해? 모두가 잘 살아, 부자들은 여전히 모피

를 사고, 태움 주도 수간호사는 여전히 수간호사고, 제약회사 돈 처먹은 병원 원장도 여전히 원장이야. 너만 빼고 다들 잘만 산다고. 정의? 진실? 그딴 게 다 뭐야. 그런 건 유토피아랑 똑같은 거야. 이 세상엔 이미 없는 개념이라고!

—그건 비겁한 사람들이나 믿는 궤변이야.

—비겁하다고?

해원이 잡고 있던 동생의 팔을 뿌리쳤다. 친절과 호기심으로 무장한 이웃과 기자들에게 시달린 부모는 몇 달째 집 밖으로 나가지 않았다. 부모는 비겁한 사람들이 아니었다. 소박하고 성실하고 무해한 사람들이었다. 이 집에서 유해한 대상은 오로지 동생뿐이었다.

—그럼 네 주변 사람들은 올곧고 정직해? 너랑 같이 시위했던 사람들, 그 사람들은 다 어디 갔어? 네게 비리를 고발하라고 부추기던 사람들은? 지지자들은? 지금 전부 어디 있는데?

—모두 각자의 사정이 있어. 그들을 비난해선 안 돼. 행동할 수 있는 사람이, 목소리 낼 기력이 있는 사람이 더 열심히 하면 되는 거야.

—그러니까 그게 왜 하필 너냐고!

달칵. 부모의 방 불이 켜지는 소리가 들렸다. 그러나 거실로 나오지는 않았다. 동생을 회유하고 혼내고 애원하고 분노하기에 부모는 너무 지쳐 있었고, 그것이 해원을 더욱 분노케 했다.

—네가 정의로운 사람인 것 같아? 네가 기울어진 세상을 떠받치고 있는 것 같아? 넌 그냥 사회 부적응자일 뿐이야. 다들 그러고 살아. 다들 기울어진 세상에서 살아남으려고 기를 쓰고 버티고 있어. 그만큼의 노력도 해보지 않은 네겐 우리의 성실함을 비난할 권리가 없어.

—그럼 내가, 뭘 했으면 좋겠는데?

—아무것도 하지 마. 제발, 가만히 좀 있어.

해원이 얼굴을 감쌌다. 자신의 얼굴에서 쏟아져 나오는 감정이 어떤 것인지 가늠할 수 없어서였다. 슬프고 애틋한 마음과 철없는 동생에 대한 경멸과 혐오가 한데 뒤엉켜 들끓고 있었다.

—왜 하필 나냐고 물었지.

어둠 속에 선 동생이 고요히 물었다.

—그럼 누구라면 괜찮은 건데? 내가 아닌 누구면 괜찮다는 거야?

—그 후로도 동생은 오 년을 떠돌았어요. 종합병원 복직은 당연히 어려웠고, 내부 고발자라는 꼬리표는 끝까지 살아남아 새 출발을 막았죠. 올해 겨우 동생은 경기도에 있는 사립 요양병원에 취직했어요. 오래된 병원에 형편없는 연봉이었지만 잘됐다고 생각했어요. 드디어 평범하게 살 수 있게 된 거니까요.

주혁은 여자가 늘어놓는 이야기의 절반 정도만 알아듣고 있었다. 가족사를 중심으로 축약된 스토리는 다분히 주관적이어서, 주혁이 이해한 부분은 대략 네 줄쯤 되었다.

동생은 남들보다 늘 한마디가 더 많았어요.

병원에 취직했는데 내부 고발을 하는 바람에 해고당했고.

오 년을 내리 시위했는데 복직에 실패했어요.

결국 지방 요양병원에 취직했죠.

흔한 스토리라고 주혁은 생각했다. 주혁은 비슷한 스토리를 몇 개든 댈 수 있었다. 회사명과 해고 사유가 조금씩 달라질 뿐 기본 구조는 똑같았다. 이 이야기를 하려고 새벽부터 달려온 걸까. 주혁은 아침의 광경이 떠올라 의아해졌다.

주혁은 이른 새벽 잠에서 깼다. 허기 때문이었다. 어제 저녁으로 사 먹은 편의점 도시락은 그럭저럭 평균적인 맛을 냈으나 절반쯤 먹자 혀가 아렸다. 제육볶음은 너무 달고 연근조림은 떫었다. 본격 가정식 백반이라고 홍보 문구가 붙었던 것에 비하면 기대 이하였다. 하긴 가정식에 본격적이라는 수식어가 붙는 것부터가 말이 안 됐다. 본격적으로 평범한 맛, 본격적으로 일반적인 맛, 그 정도 의미에 불과할 테니. 주혁은 자리에 앉은 채 오전 7시가 되기를 기다렸다. 그 시간이라면 시장 입구에 있는 김밥집이 문을 열 것 같아서였다.

거실 창문을 열자 따뜻한 바람이 밀려들었다. 따뜻하다. 주혁은 낯선 기분으로 바람을 향해 손을 뻗었다. 투명하고 푹신한 것에 손이 푹 잠긴 느낌이었다. 조금만 더 재빠르게 움직인다면 손바닥 안에 바람을 잡아둘 수도 있을 것 같았다. 주혁은 이리저리 손을 움직이다 멈췄다. 봄바람을 잡겠다고 허우적거린 자신이 돌연 파렴치하게 느껴진 탓이었다.

최근 주혁은 그런 식의 위화감을 자주 느꼈다. 어느 날은 맛있는 것이 먹고 싶어 오래도록 신중하게 음식을 골랐다. 어느 날은 잘 익은 과일에 손을 뻗고 있는 자신이 뻔뻔하고 역겨워 견딜 수 없었다. 거칠고 차가운 시멘트 바닥이 자신에게 마땅한 장소라 생각하면서도 지금처럼 온기로 감싸이는 순간을 갈망하기도 했다.

날을 헤아려보니 벌써 삼월 말이었다. 너무 오래 머물렀다. 안전한 곳에 너무 오래 자신의 발목을 묻어두었다. 이제 길 위로, 자신에게 허락된 유일한 장소인 길 위로 돌아가야 할 시간이었다. 황량하고 쓸쓸한, 어떠한 기대도 희망도 없는 형벌의 장소로.

—아저씨, 머리가 아파서 그래요?

나뭇가지, 반이 물었다.

—아니. 이상하게 배가 고파서. 왜?

—가위눌려서 그럴걸요. 아저씨 밤새 엄청 소리 질렀어요. 그러니 배가 고플 만도 하죠. 아무래도 여기 터가 안 좋은 거 같아요. 저 동상들도 너무 흉물스럽고.

태연하게 투덜대는 반을 보고 있자니 웃음이 났다. 적어도 사신을 자처하는 반이 할 말은 아니었다. 이곳을 떠날 때 반을 어떻게 할지 주혁은 아직 결론을 내리지 못했다. 두고 간다고 한들 누나가 반의 목소리를 들을 수 있을지 의문이었다. 그렇다고 옷깃에 나뭇가지를 꽂은 채 길 위를 떠돌 수는 없었다.

—아저씨.

—응?

—수아가 누구예요?

주혁이 입을 다물었다.

—아저씨 와이프 이름이에요? 그렇게 애원할 정도면 헤어지지 말지 그랬어요. 아저씨 머리 안 아파요? 어젯밤에 가지 말라고 엄청 울었어요. 지금이라도 다시 만나자고 그래요. 부부싸움은 칼로 물 베기라면서요.

—……그게 거듭되면 칼에 녹이 스니까 안 되는 거야.

전부 다 녹슬어 못 쓰게 되니까. 그리고 수아는, 아내 이름이 아니야.

주혁이 현관문을 밀었다. 아직 이르지만 산책을 하고 있자면 얼추 7시가 될 듯도 했다. 목 안쪽이 따갑고 머릿속이 울렸다. 밤새 수아를 찾았기 때문이라면 그럴 만도 했다. 그래야만 했다. 주혁이 다시 현관문을 밀었다. 분명 힘을 주어 밀었다고 생각했는데 책장이나 소파 같은 게 가로막고 있는 것처럼 문은 꿈쩍도 하지 않았다. 문고리가 몇 번이고 손 안에서 헛돌았다.

원체 낡은 빌라였다. 경첩이 녹슬거나 문이 뜯겨 나왔대도 이상할 게 없었다. 작년인가 윗집 창문이 창틀째 떨어져 내렸다고 누나가 말했던 기억이 났다. 인명 피해는 없었으나 일층집 거실이 유리 파편과 창틀 조각으로 엉망이 되었다고 했다. 그에 비하면 현관문이 안 열리는 정도야. 주혁은 열의 없이 절걱절걱 문고리를 돌렸다.

어디에 도움을 청해야 하나. 찬찬히 머릿속 목록을 뒤져보았다. 닫힌 문을 열어주러 이곳까지 달려와줄 사람은 아무리 생각해봐도 없었다. 관리실이 따로 없는 건물이니 아무래도 구급대겠지. 그런데 고작 문을 열어달라고 구급대를 불러도 되나. 그건 불이 나거나 대뇌혈관이 터졌을 때처럼 더 위급한 상황에 불러야 하는 것 아닌가. 여기서 구급대원이 지렛대를 누르는 사이 혹시라도……. 절걱절걱. 주혁의 손이 강박적으로 움직였다. 어디 학교나 어린이집 같은 곳에 불이 나서 미처 빠져나오지 못한 아이들이 생긴다면, 만일, 혹시라도.

바깥쪽으로 문이 벌컥 열렸다. 문고리를 붙든 상태로 주혁이 딸려 나갈 만큼 벌컥이었다. 문 앞에 선 사람은 마르고 키가 큰 여자였다. 문을 연 손이 농구 선수만큼 컸다. 여자가 하얗게 질린 얼굴로 주혁에게 물었다.

—문이 안 열리던가요? 문을 제때 정비해두지 않으면 큰일 나요. 문은, 문은 언제든 활짝 열려야 되는 거예요. 아시겠어요?

여자의 말에 따르면 아침 일찍 이곳에 도착해 계단을 서성이고 있는데 절걱절걱 문소리가 들리더라고 했다. 몇 번이고, 몇 번이고 반복되길래. 여자가 덧붙였다. 문은 경첩도 기울기도 괜찮았다. 대신 잠금고리 걸쇠가 부러져 다시 잠기지 않았다. 뜯기듯 문이 열릴 때 작은 뼈가 부서지는 듯한 소리를 들은 게 착각이 아닌 모양이었다.

작은 뼈가 부서지는 소리. 주혁은 그 소리를 만져본 기억이 있었다. 수아의 이를 뺄 때였다. 새끼손톱만큼 작은, 앙증맞은 치아였다. 충치가 된 부분이 가슬가슬하게 변한 것조차 사랑스러웠다. 주혁은 그의 부모가 그랬던 것처럼 흔들리는 이뿌리 부분을 실로 감아 문고리에 묶었다. 영주가 반대했지만 그렇게 했다. 방문이 열리기 직전까지의 떨림과 이가 쑥 빠져나왔을 때의 희열을 아이와 함께 느끼고 싶었다.

그러나 어설프게 당겨진 이는 부러지면서 아이의 잇몸을 찢었다. 치과의사는 아이를 진료하는 내내 주혁을 한심하게 바라보았다. 앞니나 송곳니라면 몰라도 어금니는 위험하다는 경고도 들었다. 아직 유치 갈이를 할 나이가 아닌데. 고개를 갸웃대던 의사가 치아 엑스레이를 찍어보고는 비었네, 라며 혀를 찼다.

—비다니 뭐가요?

—보통 새로운 치아가 밀고 올라오면서 유치가 흔들려 빠지는 건데, 여기 잇몸엔 준비된 치아가 없어요.

—그럼요?

—생니를 뽑았네요, 아버님께서.

치과에서 돌아오는 내내 영주는 주혁을 탓했다. 잇몸을

십자로 찢어 부러진 이뿌리를 뽑은 아이의 왼쪽 뺨이 퉁퉁 부어 있었다. 안 아파. 하나도 안 아파. 아이는 그렇게 말하며 주혁에게 안겼다. 감각이 없는 상태에서 혀를 씹을까 봐 영주가 아이의 말을 멈추게 했지만 주혁은 좀 더 듣고 싶었다. 아이의 목소리를 듣고 싶었다. 아이가 입을 다물고 있으면 치아 부러지는 소리가, 작은 뼈가 부서지는 소리가 자꾸 귓속을 울렸다. 무지에 대한 부끄러움과 아이에 대한 죄책감이 구체화된, 질책의 소리였다.

주혁은 시험 삼아 문을 여닫아보았다. 부러진 뼈가 잘각잘각 잠금고리 안쪽을 굴러다녔다. 문이 잠기지 않는 건 생니를 뽑는 일보다 사소한 일이었다. 어차피 아무나 들이닥치는 집이었다. 집에서 가장 비싼 물건이라 해봤자 야비한 표정의 불상 정도일까. 주혁은 문고리를 놓았다. 누나가 돌아오기 전에 잠금쇠만 고쳐놓으면 될 듯했다.

—점을 보러 오셨어요?

주혁이 묻자 여자가 고개를 저었다.

—점까지는 아니고, 묻고 싶은 게 있어서.

—다들 그렇게 말씀하시는데 저희가 볼 수 있는 건.

—알아요, 사신.

여자가 말을 잘랐다.

—당신은 사람이 죽는 순간을 볼 수 있다면서요. 사람이 어떻게 죽었는지, 뭘 하다 죽었는지 환히 볼 수 있다고요. 그래서 왔어요. 나는 내 동생이 어떻게 죽었는지, 뭘 하다 죽었는지 알아야만 해요.

*

—동생은 가끔 전화를 걸어왔어요.

여자가 앞에 놓인 유리잔을 집어 들었다. 주혁이 내준 꿀물을 마시진 않고 잔 표면을 손끝으로 톡톡 두드렸다. 손톱을 짧게 깎아 잔 울리는 소리가 뭉툭하고 둔했다.

—새 직장에 잘 적응할 거라곤 생각지 않았어요. 사람들은 지나치게 정의로운 사람을 거북해하니까요. 제게 전화를 거는 게 결코 편하지 않았을 텐데. 아마 얘기할 상대가 저밖에 없었던 거겠죠.

주혁은 믹스커피 세 개를 한꺼번에 탄 머그잔을 집어 들었다. 여전히 배가 고팠다. 여자가 나타나지 않았다면 지금쯤 단무지와 조린 우엉과 햄이 들어간 김밥을 먹고 있을 터였다. 그럼에도 여자가 한결같이 짓고 있는 어떤 표정이 주혁을 붙들었다. 그녀의 이야기를 들어야 한다고 생각하게 만들었다.

—동생은 변함없이 투덜거렸어요. 언니, 여기엔 아무도 찾아오지 않는 노인들이 너무 많아. 언니, 치매에 걸린 노인을 침대에 열 시간씩 묶어두는 게 옳은 일인 걸까. 언니, 여기 있는 직원들 중 절반은 어떤 자격증도 가지고 있지 않아. 어제는 의료기기 하나가 터지는 바람에 불이 났는데 실장님이 불을 끄고 기계를 고쳤어. 언니, 여기엔 창고가 따로 없어. 비상구랑 연결된 층계참에 낡은 물품을 전부 쌓아놔. 창고를 병실로 개조했는데 거긴 난방이 안 돼. 그래서 가족도 없고 말도 못하는 할아버지가 그 병실을 써. 치매 노인을 그곳 침대에 묶어두기도 해. 언니. 그런데도 나는 아무 말 않고 가만히 살아야 하는 거지.

여자는 숨도 쉬지 않고 말했다.

—그래서 내가 말했어요. 그래, 가만히 있어. 내버려두면 다 제자리로 돌아갈 거야. 이 세상엔 시민단체도 있고 인권위원회도 있고 병원을 감찰하는 기관도 있고 경찰도 소방서도 있어. 잘못된 걸 바로잡는 게 직업인 사람들이 있어. 너는 가만히 있어도 돼.

여자는 말을 하면서 조금씩 몸을 움츠렸다. 등을 다친 사람처럼 몸이 앞쪽으로 둥글게 굽었다. 움직임이 너무 느려 몸 안쪽을 지탱하고 있던 풍선 같은 게 서서히 쪼그라드는 느낌이었다. 주혁은 여자가 무의식적으로, 지금까지 수없이 곱씹어왔을 대사를 그대로 쏟아내고 있다는 사실을 깨달았다. 주혁 역시 여름캠프 전 영주와 나눴던 대화를 토씨 하나 틀리지 않고 재생해낼 수 있었다.

—지난겨울 요양원에 불이 났어요.

이번에는 주혁이 몸을 움츠렸다.

—사람이 많이 죽었어요. 열한 명이나. 입원 환자 대부분이 거동 불편한 노인들이었으니 오히려 살아난 쪽이 기적이겠죠. 불이 크게 번지기 전에 의료진들이 환자를 침대째 옮겼다고 하더군요. 의료진의 대처가 훌륭했다고, 그들이 더 큰 참사를 막은 거라고 했어요. 내 동생만 빼고요.

—동생분은…….

—죽었어요.

여자는 더 이상 잔을 두드리지 않았다. 바람이 전부 빠져버렸는지 여자는 둥글납작하게 몸을 말고 굳어 있었다.

—이상했어요. 화재가 발생한 창고 주변 병실 환자들만

유독가스로 질식사했다는데 동생은 왜 죽은 걸까. 심지어 동생은 화재 전 퇴근카드도 찍었는데요. 합동장례식 준비 중에 이상한 소문이 돌았어요. 환자 하나가 침대에 묶인 채 죽어 있었다는 거예요. 구속밴드로 몸이 눌려 도망치지 못했다고, 현장에 출동한 소방관들이 분명 봤는데 화재감식 조사 때는 그 흔적들이 감쪽같이 사라졌다더군요. 창고 바로 옆에 비상구가 있었지만 물건들로 막혀 있었다는 사실도 함구됐어요. 알아볼수록 이상한 일투성이였죠. 병원 원장이 도지사의 매제라는 얘기도, 빌딩 실소유주가 도지사라는 얘기도 돌았어요. 확인해보고 싶었어요, 뭐가 사실인지. 적어도 동생이 왜 죽었는지는 알아야 하니까요. 그런데 어느 날 병원 사람들이 찾아와서는…….

여자가 숨을 골랐다.

―불을 지른 사람이 동생이라는 거예요.

여자는 병원 관계자가 했던 말을 빠르게 옮겼다. 병원 CCTV에 동생의 수상한 행적이 수차례 발견되었다. 퇴근카드를 찍은 뒤 몰래 병원으로 되돌아오거나 원장실과 행정실에 숨어들어 뭔가를 빼내 갔다. 횡령이 틀림없지만 고인의 명예를 생각해 어떤 고소 고발도 하지 않을 작정이다. 그러니 여기저기 들쑤시지 말고 가만히 있어라.

—원장이 동생에게 자백을 받았다는 얘기도 했어요. 횡령을 들켜 해고당할 위기에 처하자 동생이 보복성 방화를 한 거라면서요. 병원 관계자가 고집부리는 아이라도 달래듯 말하더군요. 고인을 범죄자로 만들고 싶으십니까? 언니분이 가만히 계시는 게 고인을 위한 겁니다.

여자가 허탈하게 웃었다.

—가만히 있으라니. 그거야말로 제가 동생에게 끝없이 강요했던 말 아닌가요. 가만히 있어라, 아무것도 하지 말아라. 가만히 있는 게 널 위한 거다. ……결국 제가 동생을 죽인 거예요.

*

—정해림 씨는 그날 정시에 퇴근했습니다. 건물 밖으로 나와 횡단보도에서 신호를 기다리는 중이었어요. 사실은 고민 중이었죠. 다시 병원으로 돌아갈까 그대로 퇴근할까. 해림 씨는 몰래 병원 내부 자료를 수집하고 있었습니다. 당신에게 얘기했던 것처럼 그 요양병원은 비리의 온상지였으니까요. 실질적으로 피해를 입고 있는 환자들을 그냥 두고 볼 수가 없었던 겁니다. 망설이면서 병원 건물을 돌

아본 해림 씨는 건물 옆구리에서 검은 연기가 쏟아져 나오는 걸 발견합니다. 해림 씨는 한눈에 알아본 것 같아요. 그곳이 창고를 개조해 만든 병실이라는 사실을. 넓고 반듯한 창이 있는 다른 병실에 비해 캄캄한 벽에 도화지만 한 쪽창 하나가 전부인 곳이었으니까요. 해림 씨는 당장 병원으로 되돌아갔습니다.

엘리베이터에서 내렸을 땐 병원 직원들도 문제를 알아차린 참이었어요. 직원과 간병인들이 어마어마한 기세로 환자 침대를 밀고 달려오고 있었죠. 일부는 환자용 엘리베이터로 침대를 밀었고, 일부는 환자를 들쳐 업고 중앙계단으로 뛰어 내려갔습니다. 매뉴얼대로라면 화재 시 엘리베이터를 이용해선 안 됩니다만 환자를 침대째 옮기려면 방법이 없었어요. 해림 씨도 그들을 도왔습니다. 절뚝대고 콜록대는 노인들을 부축해 연기가 번져오는 복도에서 탈출하려 했어요. 그런데, 떠올라버린 겁니다. 창고방 병실이요.

창고방에는 가족이 없고 말도 못하는, 그래서 살려달라고 비명도 지르지 못하는 노인이 있었어요. 치매 증상이 악화되면서 난동을 부리는 바람에 하루 열 시간씩 침대에 묶여 있어야 하는 노인도 있었습니다. 다른 누군가 그들을 구해냈을 거란 생각은 들지 않았어요. 검은 연기는 노인이 묶여 있는 바로 그 장소에서 폭발하듯 쏟아져 나왔고, 그것이 두렵지 않을 사람은 없으니까요. 해림 씨는 결심했습니다. 지금껏 그들을 모른 체해왔지만 이번만큼은 내버려두지 않겠다고. 노인을 구해 창고방 옆 비상구로 도망칠 수 있었다면 해림 씨는 살았을지도 모릅니다. 하지만 비상구는 낡은 집기와 물품들로 막혀 있었어요. 병원 관계자들은 이 사실을 숨기고 싶은 겁니다.

해림 씨는 불을 지르지 않았어요. 누구도 해치지 않았습니다. 해림 씨는 그곳에 있는 사람들을 구하려 했을 뿐이에요. 해림 씨 책임도, 당신 책임도 아닙니다. 당신 때문이 아니에요. 그러니.

—죽지 말아요.

주혁은 그렇게 말했다.

—저는, 죽지 않아요.

여자가 대답했다.

—동생을 죽게 만든 사람이 저라면 더더욱. 저는 죽지 않아요. 도망치지 않아요. 병원 관계자가 하는 말 따위 거짓일 게 뻔하잖아요. 동생이 횡령에 방화라니. 그런 걸 할

줄 아는 인간이었다면 지금껏 고생도 안 했을 거예요. 다만 동생이 죽으면서 한순간이라도…… 자신의 삶을 후회한 건 아닐까 두려웠어요. 정말 가만히 있었을까 봐, 아무것도 하지 않은 채 스스로를 죽게 내버려뒀을까 봐 두려웠어요. 그런데 그게 아니라면. 동생이 사람들을 살리려고 노력했다면 저는.

여자가 한 음절씩 쐐기를 박듯 또박또박 말했다.

—그들이 더 이상 아무도 죽일 수 없게 만들 거예요. 절대로 가만히 있지 않을 거예요. 이제 확실히 알겠어요.

여자가 자리에서 일어섰다.

—누구도 그런 식으로 죽어서는 안 돼요. 제 동생뿐 아니라 세상 그 누구도요.

여자가 돌아간 뒤 주혁은 도로 자리에 누웠다. 김밥집에 갈 생각은 완전히 사라졌다. 창문을 열어둔 탓에 부산한 목소리와 자동차 엔진음이 고스란히 거실로 틈입했다. 큰 소리로 서로의 이름을 부르고 인사하는 목소리는 등교하는 아이들의 것이었다. 날이 따뜻해지면서 사람들은 눈에 띄게 활기차졌다. 아이들 목소리가 스며들 때마다 주혁은 등을 밟힌 사람처럼 몸을 움찔거렸다. 죽지 말아요.

주혁은 자신이 왜 그런 말을 했는지 이해할 수 없었다. 여자는 단단한 눈을 하고 있었다. 불안하고 나약한 기색은 조금도 보이지 않았다. 그리고 무엇보다도.

—아저씨.

여자는 반에게 손도 대지 않았다.

—아저씨, 아저씨도 그런 게 보여요?

—아니.

—그럼 거짓말을 한 거예요? 왜요? 그럼 안 되잖아요.

—진실을 아는 것만큼이나 중요한 게 하나 더 있으니까.

—그게 뭔데요?

—……위로.

제발 죽지 말아줘. 주혁은 깨달았다. 그것은 여자에게 하고 싶은 말이 아니었다. 그것은 아주 오래전 영주에게 해야 했던 말이었다. 들려줘야 했으나 끝내 들려주지 못한 말이었다. 동시에 주혁이 영주에게서 끝내 듣지 못한 말이기도 했다. 서로를 맹렬히 비난하고 문책하는 대신 그들은 그런 말들을 주고받았어야 했다. 너 때문이 아니야. 네 책임이 아니야. 그러니 제발 죽지 말아줘.

네 삶을 포기하지 말아줘.

*

아이 장례를 치르던 날부터 사십구재에 이르기까지 주혁과 영주는 한 마디도 하지 않았다. 서로에게 쏟아낼 것이 비난과 원망뿐임을 너무나 잘 알고 있기 때문이었다. 주혁은 가능한 한 영주와 마주치지 않으려 집 밖으로 떠돌았다. 한밤이 되어 집에 들어가면 아이의 방 안에서 작게 흐느끼는 소리가 들렸다. 깊은 숨소리가 들리는 날도, 무언가에 쿵쿵 부딪는 거친 파열음이 한 시간씩 계속되는 날도 있었다. 어떤 소리가 들리든 주혁은 방문을 열지 않았다.

거실 소파에 앉아 있노라면 잔뜩 우그러져 있던 컨테이너가 떠올랐다. 안쪽으로 깊게 휘어진 검은 철판과 타다 남은 이불 조각, 깨진 유리창 같은 것들이. 아이가 어디서 어떻게 죽었는지조차 주혁은 알지 못했다. 방 안이었을까 복도까지는 나왔을까 가슴을 두드렸을까 혹시 불길에 갇혔던 건 아닐까. 그런 생각들을 하다 보면 도무지 집에 있을 수가 없었다. 집은 너무 안전하고 평화로웠다. 벽은 지나치게 단단했고 햇빛이 길게 들었으며 쾌적한 냄새가 났다. 그래선 안 됐다. 주혁은 깨끗한 곳에 있고 싶지 않았다. 밝은 곳도, 평평한 곳도 싫었다. 주혁은 거친 길 더러운 길만을 골라 거리를 떠돌았다. 더 불편하고 더 지저분한 곳, 더 끔찍한 곳으로 자신을 내몰았다.

낮은 밤보다 지독한 형태로 주혁을 괴롭혔다. 놀이터에 가면 입을 커다랗게 벌리고 우는 아이가 있었다. 슈퍼에 가면 작은 초콜릿을 손 안에 가두고 뒤뚱뒤뚱 걷는 아이가 있었다. 신호등 앞에 선 여자는 나란히 선 아이에게 손차양을 만들어주었다. 거리마다 아이들 옷과 장난감과 과자를 파는 가게가 즐비했다. 푸드트럭에 매달려 조롱박 모양으로 길어진 타코야키를 받아먹는 아이를 주혁은 고통스럽게 지켜봤다. 세상 모든 곳에, 시선이 닿는 모든 곳에 아이가 있었다. 주혁의 품 안을 제외한 모든 곳에.

주혁은 휴직계를 냈으나 그건 잘못된 선택이었는지도 몰랐다. 아무것도 할 게 없어서 주혁은 내내 아이만을 생각했다. 아이의 과거와 미래에 대해 종일 상상했다. 갓 태어났을 때 복숭아씨처럼 쪼글쪼글하던 아이 얼굴이 어떤 식으로 둥글어졌는지, 애벌레 같던 아이 손가락이 어떤 식으로 움직여 이유식을 떠먹었는지, 그저 부옇던 아이의 시력이 높아지고 음정을 하나하나 배워가던 때는 또 어떤 얼굴이었는지. 주혁은 아이의 미래에 대해, 아이가 마땅히 누렸을 무탈하고 평범한 미래에 대해서도 상상했다. 아이가 선이 되고 면이 되고 이윽고 도형이 되는 모든 순간들에 대해서.

주혁이 상상할 수 없는 것은 아이의 현재뿐이었다.

그날 주혁은 집에 있었다. 팔월이었고, 마른장마 끝에 급작스러운 폭우가 쏟아진 날이었다. 기록적인 강우량이었으므로 피해 상황을 보도하느라 수시로 뉴스 특보가 나왔다. 주혁은 방대한 물의 기록을 그저 목격하고 있었다.

주방에서 작게 수저 부딪치는 소리가 났다. 영주가 싱크대 앞에 선 채 물에 만 밥을 먹고 있었다. 마늘쫑 다섯 개를 꺼내놓고 영주는 우적우적 그것을 씹었다. 영주는 아침 일찍 나갔다가 해가 진 뒤에야 집으로 돌아오곤 했다. 피켓을 들고 나갈 때도 있었고 아이 얼굴을 인쇄한 흑백 종이를 들고 나갈 때도 있었다. 주혁은 피켓을 든 영주의 얼굴을 텔레비전 뉴스에서 보았다. '다시는 이런 일이 생기지 않도록.' 퉁퉁 부은 얼굴의 영주가 입술을 꾹 깨물고 숨을 참았다가 말을 이었다. '우리 아이들 같은 비극적인 죽음이 다시는 발생하지 않도록 철저히 조사하여 엄중

한 처벌을 내려주십시오.'

무슨 소용이지. 주혁은 멍하니 천장을 보며 생각했다. 내 아이는 이미 죽었는데. 수아는 어떻게 해도 돌아오지 않는데. 주혁은 언젠가 교복을 입은 아이와 마주앉아 파를 잔뜩 썰어 넣은 라면을 나눠 먹고 싶었다. 수험 공부에 시달리는 아이 주머니에 슬그머니 용돈을 넣어주고, 아이의 남자친구를 질투하다가 잔뜩 거드름을 피우며 주도(酒道)를 가르쳐주고 싶었다. 그것은 불가능한 미래가 아니었다. 누구에게나 허락된, 당연한 미래였다. 그 빌어먹을 캠프만 아니었다면.

—영주야.

영주의 이름을 부른 건 한 달 만이었다. 신발장 옆에 쪼그려 앉아 비닐을 씌운 피켓에서 물기를 닦아내던 영주가 흠칫 뒤를 돌아봤다. 흠뻑 젖은 우비가 병든 짐승처럼 거죽만 부풀린 채 현관에 엎드려 있었다.

—영주야. 너는 왜 바쁘냐.

—…….

—영주야. 너는 어떻게 그렇게 밥도 잘 먹냐.

—…….

—너는 어떻게 얼굴도 씻고 사람도 만나고 시위도 하고

그렇게 바쁘게, 응?

영주가 숨을 삼켰다. 새빨갛게 젖은 눈을 외면한 채 주혁이 기어코 마지막 말을 끄집어냈다.

—그렇게 뻔뻔하게, 잘도 살고 있냐.

거리는 비어 있었다. 황사와 미세먼지로 뿌옇던 하늘에 모처럼 푸른빛이 돌았다. 낡은 건물을 짓누르던 황색 띠가 사라진 것만으로도 동네는 훨씬 말끔해 보였다. 비가 내리면 좋을 텐데. 주혁은 건조한 뺨을 문지르며 중얼거렸다. 미세먼지 수치가 내려가면 하늘이 맑아지기를, 습도가 적당하기를, 온도가 쾌적하기를, 바람이 불거나 눈에 담아두기 좋은 구름이 지나가기를 바라게 되었다. 주혁은 거칠게 턱을 긁어 생각들을 떨쳐냈다.

—꼭 물엿이어야 했어요?

가슴 주머니에 꽂힌 반이 불만스러운 목소리를 냈다. 주혁은 이제 막 삼각김밥과 물엿을 사들고 마트를 나선 참이었다. 걸음을 옮길 때마다 무릎에 치인 비닐봉지가 부스럭부스럭 소리를 냈다.

—물엿이 어때서? 꿀이든 물엿이든 단 건 마찬가지잖아.

—아저씨의 그런 섬세하지 못한 면이 세상을 잿빛으로 만드는 거예요.

—먹빛은 아니니 다행이군.

반이 눈을 흘겼다.

보도블록 아래 고인 구정물 위로 무언가 날쌔게 지나갔다. 참방, 하는 소리에 주혁이 걸음을 멈췄다. 팻말 하나가 서 있을 뿐인 마을버스 정류장이었다. 두 달 가까이 비가 내리지 않았으니 오수가 역류했거나 누수의 흔적일 터였다. 기름진 물 표면에 비친 얼굴이 흐리게 일렁였다. 주혁은 텅 빈 도로와 상점가로 이어지는 좁은 길을 둘러보았다. 아, 여기. 반이 아는 척을 했다.

—여기, 전에 거기네요. 아기 가진 선생님 만났던 곳.

커다란 배를 코트 자락으로 간신히 여미고 있던 여자, 말간 얼굴을 하고 주혁을 올려다보던 여자가 떠올랐다. 그때는 구정물이 고인 자리에 커다란 눈더미가 쌓여 있었다. 녹았다 얼기를 반복해 번들번들해진 눈더미에 걸려 넘어질 뻔한 여자를 잡아준 일을 주혁은 두고두고 후회했다. 그 애기, 잘 안 됐대요. 선생님 휴직했어요. 아이가 전해준 말이 무겁게 가슴을 눌렀다.

—그 선생님 어떻게 지낼까요?

—……잘 지내겠지.

—그치만 아기가 죽었잖아요.

—고작 점 하나일 뿐이야.

주혁이 말했다.

—내가 전에도 말했지, 어린애는 쓸모없는, 아주 사소한 점 같은 거라고.

—작고 귀중하다고도 말했죠.

—혼자서 아무것도 할 수 없고, 그냥 존재하기만 하는 점이야.

—선도 면도 도형도 될 수 있는 그 점 말이죠.

—……그깟 점 하나 빠졌다고 세상이 무너지는 것도 아니잖아.

—그런 거라면.

반이 몸을 비틀어 주혁을 올려다보았다. 반이 물었다.

—정말 그런 거라면 아저씨 도형은 왜 사라져버린 거예

요?

사방이 고요했다. 소멸되어가는 것 특유의 빛바랜 흔적들이 건물 벽마다 그렁그렁 얽혀 있었다. 주혁은 숨을 몰아쉬었다. 빌어먹을! 주혁이 허공에 대고 비닐봉지를 휘둘렀다. 삼각김밥과 물엿이 비닐을 찢고 튀어나올 것처럼 세차게 흔들렸다. 물엿이니 꿀이니 시끄럽게 구는 통에 담배 사는 걸 까먹었잖아. 그깟 꿀이 그리 대단해? 몸을 돌려 마트를 향해 걷는 동안 주혁은 그까짓 것, 그까짓 것, 하고 소리쳤다. 반은 아무 말도 하지 않았다.

*

주경은 길 위에 서 있었다. 회백색 페인트를 두껍게 칠한 오래된 빌라들 사이, 상점가로 이어진 울퉁불퉁한 보도블록 위, 마을버스 정류장임을 알리는 쇠로 된 팻말이 커다란 시멘트 덩어리를 뿌리처럼 매달고 솟아 있는 길 한복판이었다.

남자를 뒤쫓고 있었으나 목적이 있는 건 아니었다. 주경은 마트 앞에서 잠시 스친 것만으로 남자를 알아봤다.

머리숱이 적고 볼이 움푹 꺼진 남자였다. 수그린 어깨와 거북이처럼 길게 내민 목 때문에 옆모습이 비굴해 보였다. 남자는 그때와 똑같이, 팔뚝이 이상한 모양으로 부푼 겨울 점퍼를 입고 있었다. 사월이니 이미 완연한 봄인데도 남자는 오한이 든 사람처럼 수시로 몸을 떨었다.

마트를 나선 남자는 방향을 잃은 사람처럼 엉망으로 걸었다. 마을버스가 다니는 도로를 따라 걷다 골목이 나오면 무작정 들어섰다. 골목 안쪽 담과 녹슨 대문들을 실컷 쓰다듬고는 들어선 길 그대로 물러 나왔다. 가로등을 툭툭 발로 차고 연고 없음이 분명한 어느 집 우편함을 물끄러미 들여다보기도 했다. 남자는 아무 곳에나 들어갔으나 어느 곳에도 도착하지 못했다. 막다른 곳에 다다른 남자가 담을 뛰어넘을 듯 도움닫기를 했다. 주경은 만일 남자가 담을 뛰어넘어 저 너머로 가버린다면 그를 계속 뒤쫓아야 할지 내버려둬야 할지 고민했다. 그러나 남자는 어떤 담도 뛰어넘지 않았다. 담벼락마다 반쪽짜리 발자국만을 남긴 채 돌아섰다.

주경은 남자를 쫓는 내내 혼란스러웠다. 남자에 대한 원망이 주경을 걷게 했다면 남자에게 매달리고픈 희미한 기대가 주경을 멈추게 했다. 남자라면 알 수 있지 않을까. 서연이 지금 어디에 있는지. 주경은 남자를 향해 달려들다 황급히 물러나기를 반복했다. 남자가 버스 정류장에서 멈추지 않았다면 날이 저물도록 그러고 있었을지도 몰랐다.

구정물을 들여다보던 남자가 돌연 소리쳤다.

—고작 점 하나일 뿐이야. 내가 전에도 말했지, 어린애는 쓸모없는, 아주 사소한 점 같은 거라고. 혼자서 아무것도 할 수 없고, 그냥 존재하기만 하는 점이야. ……그깟 점 하나 빠졌다고 세상이 무너지는 것도 아니잖아. 빌어먹을! ……그까짓 ……그까짓 것!

주경은 이를 악물었다.

서연은, 서연의 아기는 저런 식으로 대수롭지 않다는 듯 불려서는 안 되었다. 저속하고 값싼 단어로 그들을 수식하거나 정의해서는 안 되었다. 서연은 유일한 사람이었다. 주경의 세계를 지탱해주는 유일하고 고결한 사람이었다. 서연을 알지도 못하는 인간이, 서연에게 아기가 어떤 존재였는지도 모르는 인간이 함부로 떠들어대서는 안 되었다.

*

처음에 서연은 돌연한 것이었다. 주경의 삶에 없어야 마땅한 것이었다. 불쑥 끼어든 것이 곰팡이 군락이나 썩은 버섯이었다면 주경은 쉽게 수용했을 터였다. 당시 주경의 환경이 그랬다. 썩은 것과 비린 것, 오염된 것과 깨끗한 것의 경계 자체가 없었다.

주경은 앞에 던져진 것을 먹고 변기 물을 내리고 박스 안에서 담요를 덮고 잠들었다. 그게 일과의 전부였다. 일곱 살이 되었으나 네 살이든 일곱 살이든 별 차이가 없는 생활이었다. 집 안은 대체로 어두웠다. 주경은 종일 잠을 잤다. 잠이 오지 않을 때는 잠자는 상상을 했다. 달리 상상할 만한 것이 아무것도 없어서였다. 그래서 현관문이 뜯기듯 열리고 서연과 여자가 들어섰을 때에는 숨도 쉬지 못할 만큼 놀랐다.

길고 단단한 몸과 깨끗한 옷. 서연은 생기 넘치는 얼굴로 주경 앞에 섰다. 마주한 눈동자가 새까맸다. 주경은 누군가의 눈동자를 그토록 오래, 자세히 들여다본 적이 없어 그것이 신기했다. 서연은 콧대 없이 납작한 코와 톡 튀어나온 앞니를 가졌다. 흉터 하나 없이 희고 깨끗한 손가락을 가졌다. 이게 뭐야? 주경은 혼란스러웠다.

—이거라니. 네 누나야.

역시 처음 보는 크고 반듯한 여자가 말했다. 서연은 코를 찡긋거리며 더러운 방 안을 둘러보았다. 주경은 끌어안고 있던 담요로 자신의 몸을 가렸다. 상체를 둥글게 말아 박스 안으로 몸을 숨겼다.

—개도 아니고.

여자가 말했다.

—애를 박스 안에 넣어 키우면 어떻게 해, 저 개새끼, 진짜.

부모가 이혼하면서 아이를 나눠 갖는 건 흔한 일이었다. 아버지가 아들을, 어머니가 딸을 데려가는 것도 흔한 일이었다. 몇 년 만에 아들을 보러 온 여자는 이른 저녁부터 다음 날 새벽까지 꼼짝 않고 남자를 기다렸다. 악취에 헛구역질을 하면서도 제자리를 지켰다.

새벽 3시가 넘어서야 남자는 김밥 봉지를 들고 집으로 돌아왔다. 방바닥에 던져놓은 봉지로 주섬주섬 다가간 주경이 은박지를 벗겨 김밥을 먹기 시작했다. 분노한 여자가 김밥을 남자 얼굴로 집어 던졌으나 배고픈 주경 외엔 누구도 타격을 입지 않았다. 남자는 잔뜩 취해 있었고 집 안엔 이미 쓰레기가 넘쳤다. 여자가 남자를 걷어차며 욕을 퍼붓는 동안 주경은 바닥에 흩어진 햄과 밥알을 골라 먹었다.

그 손을 서연이 잡았다.

—우리 집에 가자.

서연이 주경을 일으켜 어디랄 것도 없이 몸 곳곳을 털어주었다.

—나, 계란볶음밥 할 줄 알아. 버터랑 파를 넣고 계란을 넣고 볶아서 깨끗한 밥을 만들 수 있어. 그러면 너도 키가 커질 거야. 키가 커지면 저런 박스 안에 들어가지 않아도 돼. 나랑 가자. 누나랑 가자.

서연은 주경에게 계란볶음밥 하는 법을 알려주었다. 젓가락질하는 법, 냉장고에서 음식을 꺼내 전자레인지에 데우는 법, 세수할 때 귀 뒤를 닦는 법, 어금니 안쪽까지 바르게 칫솔질하는 법을 알려주었다. 매일 머리카락을 빗질해야 한다는 것과 손을 자주 씻어야 한다는 것, 다른 사람 앞에서 바지 속에 손을 집어넣거나 겨드랑이를 긁어서는 안 된다는 걸 알려준 사람도 서연이었다.

—집 앞에 놀이터가 있어.

—그게 뭐야?

미끄럼틀을 처음 본 주경이 두 시간도 넘게 미끄럼틀을 오르내리는 동안 서연은 끈기 있게 기다려주었다. 땅바닥에 버려진 음료수나 과자를 주워 먹어서는 안 된다고 간간이 저지하면서였다. 날이 어두워지자 서연은 주경의 손을 잡고 집으로 향했다. 주경이 미끄럼틀을 딱 한 번 돌아보았을 뿐인데 서연은 금세 알아차리고 주경을 달랬다.

—내일 그네를 타러 오자.

—그네?

—저기 기다란 줄에 매달려 있는 거. 그네를 타면 하늘까지 올라갈 수 있어. 내일 그네도 타고 시소도 타자. 다음번엔 자전거 타는 법도 가르쳐줄게. 뭐든 다 누나가 알려줄게.

서연은 어딜 가든 주경을 데리고 다녔다. 뭐든 서연이 가르쳐준 대로 하면 안전했다. 신기하고 아늑하고 즐거운 것은 전부 서연의 세계에 들어 있었다. 주경은 이불 속에 가만히 웅크리고 누운 채 서연이 학교에서 돌아올 때까지 기다렸다. 서연이 오기 전까지는 배도 고프지 않고 오줌도 마렵지 않았다. 서연이 집에 돌아와 책가방을 내려놓는 순간 스위치가 켜지듯 주경의 신체 기관들이 작동하기 시작했다. 그제야 비로소 주경의 하루가 시작되었다.

아무리 시간이 흘러도 여자는 낯설었다.

주경은 여자가 길고 두꺼운 팔다리로 남자를 후려치던 모습을 종종 떠올렸다. 관자놀이에 핏줄이 도드라지도록 소리치고 욕하던 모습도 떠올렸다. 주경의 기억에 남은 여자의 첫인상은 그간 남자가 보여주었던 모습과 크게 다르지 않았다. 남자는 잘 나타나지 않았고 가만히 앉아 있다가도 금세 화가 나 날뛰었다. 직장에 다니는 여자 역시 잘 나타나지 않았고 수시로 기분이 바뀌었다.

여자는 주경이 무엇을 못하는지, 왜 못하는지 도무지 이해하지 못했다. 화장실 세면대에 머리를 처박고 물을 마시고 있는 주경을 질색한 얼굴로 바라보는 게 전부였다. 화장실 변기와 바지를 매번 오줌 범벅으로 만들어놓을 때도 마찬가지였다.

—똑바로 좀 하란 말이야, 너 나한테 일부러 이러니? 내가 널 버리고 갔다고 일부러 이래?

주경은 젖은 바지를 벗고 변기에 물을 뿌리며 훌쩍였다. 똑바로가 뭔지 몰라서였다. 여자가 집에 있는 날은 대개 주말이었으므로, 주경은 주말마다 오줌을 참았다. 배가 빵빵하게 부풀고 배 속이 꼬집히는 것처럼 아파 견딜 수 없어지면 그제야 화장실로 가 옷을 벗었다. 오줌은 고약한 냄새를 풍기며 방울방울 떨어졌다. 한 방울도 나오지 않고 배만 아픈 날도 많았다. 발가벗은 채 변기 옆에서 훌쩍대는 주경을, 여자는 더욱 질색한 얼굴로 바라보았다.

—물총 같은 건가?

주경이 오줌 누는 모습을 유심히 살피던 서연이 말했다.

—물총을 위로 올리면 물이 위로 솟잖아. 아래로 내리면 아래로 흐르고. 그럼 그걸 위로 들어야 하는 거 아냐?

주경은 서연이 말한 대로 성기를 손에 쥐고 오줌을 누었다. 옷을 적시지 않고 볼일을 본 건 처음이었다. 기뻐하는 주경에게 서연이 엄숙히 명령했다.

—이제 깨끗이 손을 씻어.

서연과 함께하는 시간은 완벽에 가까웠다. 주경은 밝고 깨끗하고 다소 엄격한 서연의 세계가 마음에 들었다. 그러나 초등학교에 입학하면서부터 많은 것이 달라졌다.

주경은 반 아이들과 자주 충돌했다. 친구라고 부를 만한 아이도 찾지 못했다. 주경이 이해하는 세계는 단순했다. 정수기에 컵을 대면 물이 나온다. 더러운 곳은 비누칠해 닦는다. 수업시간에 자리에서 일어나 함부로 돌아다니지 않는다. 그러나 사람과 사람 사이는 훨씬 정교해서 주경은 쉽게 비난받고 공격당했다. 주경이 누구의 말을 무시했다거나 무례한 표정을 지었다거나 어떤 놀이 규칙을 어겼다는 게 이유였다. 주경이 가장 이해하기 힘든 건 배려였다. 친구를 배려해주라는 선생의 훈계가 주경에게는 수수께끼로만 느껴졌다.

축구를 할 때 공이 앞으로 굴러오면 잡는다. 공격 기회가 있다면 공을 찬다. 수비수를 밀치거나 때리지 않는다. 주경이 규칙 내에서 열심히 게임을 하고 있으면 체육선생이 그를 불렀다.

—다른 친구도 점수를 낼 수 있게 양보해줘야지 혼자만 공을 차면 어떡하니. 너는 배려심이 부족한 아이로구나.

교실 청소를 할 때 아이들에게는 각자의 구역이 정해졌다. 주경이 자신의 구역 청소를 마친 뒤 집으로 돌아가려 하면 담임선생이 그를 불러 타일렀다.

—네 일이 빨리 끝났으면 다른 친구를 도울 줄도 알아야지. 협동과 배려, 그게 우리 반 급훈이라고 했잖니.

쪽지 시험을 보고 있을 때 문제가 어렵다고 울상을 짓던 아이가 주경에게 답을 물었다. 어려운 친구를 도우라고 했으니 주경은 답을 알려주었다. 선생이 교무실로 주경을 불러 다그쳤다.

—친구가 나쁜 짓을 할 때는 바로잡아주는 게 진정한 우정이야!

도무지 이해할 수 없는 일들투성이였다. 무엇을 해도 부정당하고 아무것도 하지 않아도 비난받았다. 주경은 되도록 입을 다물고 누구와도 어울리지 않으려 했다. 그러고 있자면 반드시 누군가 다가와 잘난 척한다며 주먹질을 해댔다. 주경은 대부분 묵묵히 맞았다. 마음속 박스를 펼치고 그 안으로 들어가 더러운 담요로 머리를 감싸면 그만이었다. 그러면 아무것도 들리지 않고, 아무것도 느껴지지 않았다.

—너네 누나 학생회장 선거에 나온다며? 누가 잘난 척 남매 아니랄까 봐. 재수 없어. 너네 누나는 열 배 더 재수 없어. 잘난 척 못 하게 내가 계단에서 밀어버릴 거야.

커다란 발로 등을 걷어차인 찰나 주경은 몸속 스위치가 켜지는 소리를 들었다. 서연과 함께가 아니면 좀처럼 켜지지 않던 스위치였다. 무감각하게 최소한의 활동만 하고 있던 신체 기관이 발작하듯 깨어나는 소리가 들렸다. 주경은 잘난 듯이 떠들어대는 아이들 무리를 돌아보았다.

심장이 순식간에 부풀었다. 가차 없는 펌프질에 꼿꼿해진 혈관이 피부를 뚫고 나올 것 같았다. 열기가 몸속 어느 부분을 통과하고 있는지 손가락으로 일일이 짚어낼 수 있을 정도였다. 머릿속이 뜨거운 증기로 가득 찼다고 느낀 순간 주경은 발길질한 아이에게 달려들고 있었다.

여자보다 먼저 달려온 사람은 서연이었다. 서연은 2학년 교실에서 싸움이 벌어졌다는 소식을 듣자마자 교무실로 뛰어왔다. 주경은 교무실 소파에 앉아 있었다. 앉아 있다기보다 건장한 남교사 둘이 주경의 양팔과 허벅지를 찍어누르듯 조이고 있다는 것이 맞았다. 숨을 몰아쉬는 주경의 눈이 새빨갰다.

목에서 끓는 소리를 내며 몸을 떠는 주경을 서연은 망연히 바라보았다. 서연은 비슷한 모습을 아주 어린 시절 본 기억이 있었다. 엄마와 아빠가 이혼하기 전이었고, 엄마가 서연을 데리고 더러운 집에서 도망치기 전이었다. 아빠는 술에 취하면 무기력해졌다. 술에 취하지 않은 날에는 짐승처럼 그릉거리며 집 안 물건들을 때려 부쉈다. 엄마는 아이들을 끌어안고 몸을 납작 엎드리고 있다가 아빠가 술에 취하면 기다렸다는 듯이 그의 머리통을 걷어찼다. 아빠와 똑같이 물건을 부수고 소리쳤다.

서연이 주경의 손을 잡았다. 주경이 뿌리쳤다. 서연이 다시 주경의 손을 양손으로 꽉 붙들었다. 주경이 주춤거렸다.

—너는 아빠가 아니야.

단호한 행동과 달리 서연의 목소리가 떨리고 있었다.

—나는 엄마처럼 되지 않을 거야. 그러니까 너도, 아빠처럼 되면 안 돼. 우린 엄마 아빠랑 달라.

서연이 손바닥으로 주경의 입을 막았다.

—숨을 참고 열을 세. 소리치고 싶어지면 혀로 입천장을 꽉 눌러. 그리고 천천히 열을 세면, 가장 나쁜 순간이 끝나 있을 거야. 가장 나쁜 순간이 전부 지나가 있을 거야.

그것은 부모가 날뛸 때마다 서연이 하던 행동이었다. 숨을 참고 열을 세고 지옥 같은 순간이 끝나길 간절히 기도하던 서연의 주문이었다. 서연은 자신의 주문을 주경에게 주었다. 주경에겐 주문이 필요했다.

*

주경이 천천히 숨을 내쉬었다. 그때 서연은 얼마나 어린 나이였던가. 여자가 주경을 데려왔을 때 서연은 불과 열한 살이었다. 그럼에도 서연은 주경의 보호자가 되어주었다. 친구이자 안내자이자 주술사가 되어주었다. 서연은 한 번도 흔들린 적이 없었다. 그때를 제외하고는.

출산 예정일이 한 달가량 남았을 무렵 서연은 전에 없이 평온했다. 해외 출장이 잦은 남편 때문에 서연 곁에는 대부분 주경이 붙어 있었다. 서연이 일하는 고등학교는 타학교보다 열흘가량 일찍 겨울방학을 시작했다. 난방 시스템이 고장 난 탓이었으나 서연에게는 행운이었다. 타이밍이 좋아. 서연은 그렇게 말하며 웃었다.

—난 이 아기를 진짜 잘 키울 수 있을 것 같아.

서연이 선언하듯 말했다. 주경은 크게 고개를 끄덕였다. 진심이었다. 어떤 아이든 서연은 완벽하게 키워낼 것이었다. 어린 시절 여자 대신 주경을 키워냈던 것처럼.

도로변에 빼곡히 늘어선 낡은 빌라들 틈에 마을버스가

서연과 주경을 내려놓았다. 오래된 동네이지만 특유의 안정감 있는 이곳을 서연은 좋아했다. 좁은 길을 따라 걷던 서연이 얼어붙은 눈더미를 밟고 기우뚱 미끄러졌다. 지나던 남자가 서연을 붙들었다. 뒤따라가던 주경이 좀 더 재빠르지 못했던 자신의 걸음을 원망하는 동안 서연이 싱긋 웃으며 남자에게 물었다.

—이건 브로치 같은 건가요?

서연이 엉겁결에 움켜쥔 남자의 점퍼 윗주머니에 나뭇가지 하나가 튀어나와 있었다. 새까맣고 매끈한, 기묘하게 구부러진 나뭇가지였다. 서연은 나뭇가지가 떨어지지 않도록 잡아 남자의 주머니에 도로 꽂아주었다. 남자의 얼굴이 새까맣게 어두워진 것은 그때였다.

—어디 가는 길이세요?

남자가 물었다.

—유아용품점에요. 동생이랑 유모차를 미리 봐둘까 해서요. 이 동네는 차가 많이 다니질 않으니 봄이 되면 아기와 산책도 할 수 있을 거예요.

—사지 마세요.

—네?

—아기를 위해서 더는 아무것도 준비하지 마세요.

—그게 무슨 말이에요?

—유감스럽게도…… 만나지 못할 겁니다. 그 아기랑은요.

의사는 이런 경우가 종종 발생한다고 말했다. 어떤 징후도 없이, 어떤 이유도 없이 자연스럽게 그렇게 되는 경우가 있다고. 입체초음파로 확인한 아기는 탯줄을 목에 감고 조용히 죽어 있었다. 부패하기 전에 태아를 꺼내야 합니다. 의사가 사무적인 어조로 수술을 권했다.

—썩어요?

서연이 망연한 얼굴로 물었다.

—우리 아기가, 썩어요? 썩는다고요?

중얼거림이 비명으로 변하기까진 오랜 시간이 걸리지 않았다. 서연은 수술로 죽은 아기를 낳았고, 입원치료 도중 사라졌다. 그것이 벌써 두 달 전 일이었다.

*

주경은 허름한 빌라 앞에 섰다.

'천지선녀'라고 적힌 거실 유리창에 남자의 그림자가 어른거렸다. 선녀라니. 주경이 얼굴을 일그러뜨렸다. 선녀라는 건 좀 더 선하고 영롱해야 하는 것 아닌가. 담배꽁초 내뱉듯 아무렇지 않게 죽음을 선고하는 인간이 저런 이름을 쓰면 안 되는 것 아닌가. 서연의 아기를 죽게 만들고, 서연을 사라지게 만들고, 심지어 서연의 소중한 아기를 조롱한 인간이, 감히, 저런 이름을.

주경이 낮은 층계를 하나씩 올랐다. 심장과 함께 폐가 한계까지 부풀었다. 등이 꼿꼿해지고 손가락 하나하나, 머리털 한 올 한 올까지 신경이 예민하게 곤두섰다. 머리카락을 스치는 바람의 온도까지 파악할 수 있을 것만 같았다. 서연이 사라진 지금 서연의 주문은 의미가 없었다. 이제 더 이상 숫자를 셀 필요도, 숨을 눌러 참을 필요도 없었다. 주경은 빌라 이층, 201호 앞에 섰다. 이 문 안에 그 남자가 있다.

달칵. 스위치가 켜졌다.

현관문을 여는 순간 주혁은 무언가가 다르다고 느꼈다.

집을 비운 시간은 5분 남짓이었다. 오래전 세워두었던 깃대가 떠올라 잠시 옥상을 둘러보고 온 참이었다. 깃대는 사라지고 깃대가 있던 자리에 굵은 구멍 하나가 뚫려 있었다. 그게 깃대의 흔적인지 빗물배수관의 흔적인지는 확실치 않았다. 주혁은 구멍 주변을 서성이다 계단을 내려왔다. 길고 무거운 깃대였다. 그것을 옥상까지 떠메고 가느라 고생했던 기억이 생생한데 깃대가 없는 풍경은 허전하지도 부자연스럽지도 않았다. 애초에 아무것도 없었던 것처럼.

주혁은 신발장 옆에 서서 잠시 망설였다. 집 안에 느슨하게 고여 있던 공기가 팽팽해져 있었다. 그 끝을 틀어쥔 누군가가 거실 안쪽에서 푸르르, 숨을 쏟아냈다. 자신을 은닉할 생각이 아예 없는지 기척도 호흡도 거칠었다.

누구나 쉽게 열고 들어올 수 있는 문이었다. 잠금고리는 부서졌고 주혁은 꼼꼼한 성격이 아니었다. 점을 보겠다고 밀고 들어오는 이도 흔했다. 그러나 몰래 집 안으로 침범해 주혁을 주시하는 데에는 목적이 있을 것이었다. 앞다리가 부러진 개든 사람이든 저것은 내게 달려들 것이다. 그렇게 확신하면서도 주혁은 신발을 벗었다. 점퍼 윗주머니에 꽂혀 있던 반을 꺼내 신발장 위 선반에 올려두었다.

가벽으로 세워진 모퉁이를 돌아 거실로 향하자 그가 보였다. 신단 옆에 딱 붙어선 그는 사람이었으나 동물처럼도 보였다. 이마에 달라붙은 젖은 털이, 상체를 수그린 상태로 팽팽하게 곤두세운 어깨 근육이 그랬다. 키가 작고 말랐으나 달리 생각하면 날렵하고 가벼운 몸체였다. 그는 양팔을 몸에서 살짝 띄운 채 가슴 높이로 들고 있었다. 앞으로 뻗은 손끝까지 단단하게 힘이 차 있었다.

마주치자마자 달려들 작정이었다면 현관 옆이 좋았을 것이다. 방문 뒤에 붙어 있거나 보일러실에 숨어 있었다면 습격이 훨씬 용이했을 것이다. 그는 습격에 서툰 사람일지 몰랐다. 지나치게 정직한 사람이거나.

그는 당연하다는 듯 전신을 내놓고 주혁 앞에 서 있었다. 주혁은 계속 걸어 들어가야 할지 그에게 말을 걸어야 할지 고민했다. 어느 쪽이든 현명한 선택 같지는 않았다. 그럼 문을 열고 나가버릴까. 도망쳐버리면 되는 일 아닌가. 문득 끼어든 생각에 주혁이 헛웃음을 지었다.

그가 움직인 것은 그때였다.

몸을 바짝 낮춘 그가 어깨로 주혁의 명치를 들이받았다. 뾰족하고 돌처럼 단단한 어깨였다. 주혁이 앞으로 고꾸라지자 그가 가차 없이 머리통을 걷어찼다. 웃어? 주혁은 왼쪽 고막이 터지기 직전 그의 쉰 목소리를 들었다. 많은 것이 끓어올라 오히려 덤덤해진 목소리였다. 슬픔이나 분노가 한계치를 넘었을 때 뇌가 차갑게 식는 감각을 주혁 역시 알고 있었다.

남자는 차분하고 집요했다. 주혁의 머리 가슴 배를 차례로 걷어찬 뒤 다시 머리부터 자근자근 밟고 내려왔다.

코피가 터지고 구역질이 올라왔다. 귀가 쩡쩡 울리고 온몸의 세포가 전부 세로로 쪼개지는 느낌이었다. 주혁이 팔을 뻗었다. 그러나 허공에서 허우적댈 뿐 폭력을 멈출 수도 스스로의 몸을 보호할 수도 없었다.

그가 주혁의 배 위로 올라앉았을 때, 주혁은 그가 생각보다 어리다는 사실을 깨달았다. 코 밑과 턱 근처가 둥글고 매끈했다. 귓불이 붉어진 것을 제외하면 그의 호흡은 주혁을 기다리던 때보다 훨씬 안정되어 있었다. 주혁의 목에 양손을 갖다 붙인 채로, 그가 입을 열었다. 말은 오랫동안 이어졌으나 피가 흘러나오는 왼쪽 귀와 폭죽 터지는 듯한 소리로 요란한 오른쪽 귀는 주혁에게 어떤 단어도 전달해주지 않았다. 그가 턱을 위로 치켜들며 뭔가를 물었다. 주혁은 고개를 끄덕였다.

얇은 손가락이 주혁의 목 위로 어지럽게 흩어졌다. 형편없는 악력을 보완하려면 전깃줄이든 빨랫줄이든 도구가 필요했다. 도구가 아니라면 온몸의 무게를 실어 주혁의 숨을 조여야 했다. 그가 목을 조르는 방식은 어설펐고 반사적으로 튀어 오른 주혁의 몸이 그를 밀쳐냈다. 가까스로 중심을 잡은 그가 엄지와 검지의 단면을 넓게 써 목을 잡았다. 손가락이 아닌 손바닥 전체로 누르자 주혁의 얼굴이 검게 변했다. 관자놀이에 불거진 핏줄이 나뭇가지처럼 온 얼굴로 뻗었다.

주혁은 자신의 몸이 불타고 있다고 느꼈다. 목 위로 솟구친 화마가 주혁의 얼굴을 마구 할퀴어댔다. 조잡한 불꽃이 망막에 빼곡히 달라붙어 터졌다. 마땅한 결말이라고, 주혁은 생각했다. 어쩌면 훨씬 전에 이렇게 되었어야 할지 몰랐다. 이것이 자신에게 가장 어울리는 모양새의 통증, 가장 어울리는 형태의 죽음인 것만 같았다. 어디인지 가늠할 수 없는 곳에서 뚜둑, 작은 뼈가 부서지는 소리가 들렸다.

*

—너는 거기 자빠져서 뭐 하냐.

눈을 뜨자 주혁의 누나가 한심해죽겠다는 얼굴로 그를 내려다보고 있었다. 주혁은 엉겁결에 얼굴을 문질렀다. 차가운 물이 얼굴은 물론 상체를 흠뻑 적시고 있었다. 몸을 일으킨 것은 생각뿐으로, 주혁은 바닥에 등을 붙인 채 느리게 꿈틀댔다. 어지럽고 구역질이 솟았다. 터진 눈가며 찢어진 빰이 물에 닿았다는 사실을 깨달은 뒤에야 맹렬히 쓰려왔다.

주혁은 손바닥으로 귀를 감쌌다. 왼쪽 귀는 여전히 암전 상태였다. 오른쪽 귀로 스며든 소리는 울림도 입체감도 없었다. 그래도 일단 알아들을 수는 있었다.

—멧돼지만 한 놈이 진짜, 덩칫값도 못 하고.

누나가 혀를 차는 소리가 기계음처럼 들려왔다. 주혁이 거칠게 기침을 쏟아냈다.

—이건 뭐야. 도둑? 강도?

누나가 주혁 옆에 고꾸라진 그를 손가락질하며 물었다. 동그랗게 몸을 만 상태의 그는 중학생 정도로밖에 보이지 않았다. 납작한 골반과 작은 발바닥이 유난히 눈에 띄었다. 두 동강 난 벼루가 그의 머리 옆에 떨어져 있었다. 용 조각의 앙상한 앞발이 기절한 채 쓰러진 그의 손과 흡사했다. 새까맣고 동그란 정수리 뒤쪽으로 옅게 피가 번져 있었다. 살기가 사라져 축 늘어진 왜소한 몸체는 어떻게 봐도 무해하거나 무효해 보였다.

—집에 왔더니 이게 널 덮치고 있잖아? 일단 뒤통수를 후려치긴 했는데, 뭐냐고 대체.

태연한 얼굴의 누나를 보자 복잡한 기분이 들었다. 날카롭고 비장하던 죽음의 순간이 겅중겅중 뛰어 달아나버린 것처럼 현실감이 없었다.

그럼에도 주혁은 깨닫고 있었다. 마지막이라고 믿었던 순간에 주혁은 그를 걷어찼다. 그가 머리통을 걷어찰 때도, 몸 안쪽이 불타오르는 듯한 통증에 휩싸였을 때만 해도 주혁은 내버려둘 생각이었다. 그가 하는 대로 내버려두면 주혁은 더 이상 길 위를 떠돌지 않아도 되었다. 깊이를 가늠할 수 없는 슬픔의 늪에 잠기는 일도 더 이상 없을 것이었다. 자신을 증오하고 수치스러워하는 시간들에서, 죄책감과 후회로 목을 매달고 싶었던 그 모든 순간들에서 벗어날 수 있었다. 주혁은 그가 원하는 대로, 동시에 주혁 자신이 원해왔던 대로 숨을 멈출 작정이었다.

그러나 그러지 못했다. 주혁은 있는 힘껏 그를 걷어찼다. 누나가 나타나지 않았더라도 주혁은 살아남았을 것이다.

—누나.

주혁이 입을 뗐다. 기침을 오래 쏟아낸 뒤라 선박 표면에 말라붙은 녹을 끌로 갉아내는 듯한 소리가 새어 나왔다. 목 안쪽에서 쇠 비린내가 올라와 정말 속속들이 녹슨 배가 된 기분이었다. 주혁의 누나가 얼굴을 잔뜩 찌푸린 채로 주혁의 입가에 귀를 갖다 댔다.

—누나.

주혁이 몇 차례 더 누나를 불렀다. 뜨거운 것이 왈칵 솟구쳐 다시금 숨을 골라야 했다.

—누나, 누나, 나는…….

—아저씨? 이 큰 소리들은 다 뭐예요? 네? 대체 무슨 일이 생긴 거예요! 아저씨 설마 죽었어요? 그 아줌마는 또 누구예요?

신발장 위 선반에서 달그닥달그닥 몸을 뒤채는 소리가 났다. 반이었다. 어린애 특유의 카랑카랑한 목소리가 호들갑스럽게 번지자 죽어 있던 사물들이 일시에 깨어나는 것 같았다. 부스럭대며 먼지가 피어오르고 거실 바닥에 찍힌 글자가 뒤늦게 몸을 일으켰다. 미세하게 기울어져 있던 촛대가 달칵 제자리로 돌아오는 소리가 선명하게 들렸다. 주혁은 저도 모르게 웃음을 흘렸다. 아무것도 아니었다. 그래, 아무것도 아니었다.

뭔데? 왜? 주혁의 누나가 말을 재촉했다.

—누나. 저거.

—저거? 저거 뭐?

—저 벼루. 진짜 비싼 거라던데. 중국 명인이 유작으로 만든 골동품이라던가.

누나의 경악한 얼굴을 끝으로 주혁은 완전히 의식을 잃었다.

이것은 반에 대한 얘기다. 더 정확히는 안테나. 언젠가 죽음의 안내자라고 불리게 될 가여운 꼬마에 대한 얘기다.

어느 날 반은 병실 침대 옆에 꿏힌 채 이렇게 말하게 될 것이다. 내가 말하지 말았어야 했는데. 누구의 죽음도 선언하지 말았어야 했는데 내 잘못이야. 나 때문에 아저씨가 다친 거야. 당연하다. 반은 말하지 말았어야 했다. 그의 역할은 그런 게 아니었으니까.

죽음에 대해 설명해두고 싶은 게 있다. 애초에 반은 죽음에 대해 오해하는 부분이 상당하다. 죽음에는 본디 독립된 형체가 없다. 죽음은 세상 모든 것의 이면이므로 그 자체만으로는 어떤 형태도 갖지 못한다. 무언가가 먼저 존재하지 않으면 숨소리 하나 걸칠 수 없는 게 죽음이다. 그러니 당연히 성스럽지도, 불가사의하지도 않다. 사신이라니 얼토당토않은 소리다. 죽음은 일종의 결과 값이고, 그것은 논리의 영역이지 신의 영역이 아니다.

죽음은 본디 안개처럼 흩어져 있다. 당신이 길을 걷다 어깨나 목덜미가 돌연 서늘하게 식는 걸 느꼈다면 죽음이 스쳐 지나간 것이다. 그러나 그뿐이다. 죽음은 해당되지 않은 자에겐 어떤 위해도 가하지 않는다. 예정된 곳에 다다르면 자기장을 형성시키듯 고요히 주위를 감싼다. 죽음은 아주 천천히 스며들기도 하고 일거에 대상을 삼켜버리기도 한다. 죽음의 표정 같은 건 없다. 그것은 그저 해야 할 일을 하는 것뿐이다. 죽음은 형체도 근원도 없으므로 막아설 수도, 밀어낼 수도 없다.

그러나 죽음을 불러내는 자들이 있다.

불행히도 그렇다. 죽음을 창조하는 자, 죽음을 가공해내는 자들이 있다. 죽음은 고지식한 논리학자, 성실한 수학자, 부지런한 시종이다. 창조자가 누구든 죽음은 순리대로 움직인다. 요구되는 곳으로 마땅히 몸을 옮겨간다. 신이 예정하지 않은 죽음, 자연이 허락하지 않은 죽음을 만들어내는 자. 그들은 인간이다.

만들어진 죽음. 인간이 창조해낸 죽음의 시작은 이러하다. 인간의 탐욕이, 이기심이 발현되는 지점에 죽음의 씨앗이 뿌려진다. 부실공사로 인해 건물이 무너져 사람이 죽었다고 하자. 누군가가 시멘트에 정량 이상의 모래를 섞는 순간, 누군가가 함량 미달의 철근을 재활용하는 순간, 누군가가 장부 조작으로 빼돌린 공사 대금을 자신의 계좌로 이체시키는 순간, 뇌물을 받은 누군가가 안전 점검을 게을리하는 순간, 그 모든 순간들에서 죽음이 시작된다. 일단 시작된 죽음은 멈출 수 없다. 죽음은 오로지 끝을 향해서만 질주한다. 자신이 마땅히 회수해야 하는 것들을 향해서. 인간은 행동의 결과를 이미 알고 있다. 건물이 반드시 무너질 것이라는 걸, 또 다른 인간이 반드시 죽게 될 것이라는 걸 알고 있다. 그럼에도 그들은 그것을 한다. 인간은 늘, 가장 이기적인 선택을 한다.

그러므로 반. 반은 죽음을 고백할 필요가 없다. 죽음을 막아설 이유도 없다. 오히려 반은 죽음이 도달해야 할 지점에 먼저 도착해 온몸을 곧게 펴고 서 있어야 한다. 만들어진 죽음을 향해 손을 흔들어야 한다. 워이워이 소리쳐 죽음의 자기장을 끌어와야 한다. 너무 많이 만들어진 수식(數式)에 죽음이 길을 잃지 않도록, 인간이 만들어낸 죽음이 빠짐없이 수행되도록 안내자 역할을 하는 것. 죽음을 수신하는 것. 그것이 반의 역할이다. 반이 태어난 의미다. 그것이 바로, 반의 존재 이유다.

다수의 타박상과 찰과상, 가벼운 뇌진탕 증세가 있다고 의사는 말했다. 만일을 위해 다른 검사들을 받아보겠느냐고 물어 주혁은 고개를 저었다. 더 많은 검사를 받아야 할 쪽은 그였다. 이주경. 그런 이름이었다고 주혁의 누나는 말했다. 누나가 휘두른 벼루의 위력은 대단해서 이주경의 두개골에 금을 내고 상당량의 출혈을 일으켰다. 강도에 살인미수 운운하던 주혁의 누나는 그의 상태를 전해 들은 뒤 입을 다물었다. 자칫하면 과잉방위로 이쪽이 체포될 판이었다.

진료실을 나와 주혁은 병실로 걸음을 옮겼다. 처음에 주혁은 이주경과 나란히 이인실에 누워 있었다. 빈 병실이 하나밖에 없다는 이유에서였다. 주혁의 누나가 이주경이 폭행 가해자라고 말하자 병원 직원이 난감한 얼굴로 물었다.

—침상이 하나 빈 곳이 있긴 한데.

—그런데요?

—병실에 계신 분이 상태가 심각한 환자라서요. 공사장 크레인이 넘어지면서 부상당한 환자라 외상이 심해요. 괜찮으시겠어요?

병실을 옮긴 뒤에야 주혁은 간호사가 물었던 괜찮으시겠어요, 가 무슨 뜻인지 알 수 있었다. 환자는 임종을 준비하고 있었다. 사람들 무리가 시도 때도 없이 들이닥쳐 훌쩍이다 나갔고, 짧은 단발머리에 낯빛이 푸른 여자가 종일 침대 옆에 붙어 앉아 울었다. 여자의 입에 초콜릿을 까 넣고 두유를 짜 먹이고 하는 손이 어느 때는 늙은 노인이었다가 어느 때는 중학생 정도밖에 안 되어 보이는 어린 남자애였다가 했다. 주혁은 낯빛이 푸른 여자에게 허락된 작별의 시간을 복잡한 기분으로 바라보았다. 그것은 주혁이 그려왔던 장면과 많은 것이 달랐다. 서로의 안부를 당부하는 맞잡은 손, 고백과 사과의 시간 따위는 현실에 없었다. 그저 텅 빈, 지나치게 길고 혹독한 시간만이 지속될 뿐이었다.

주혁은 병원 로비를 서성였다. 담배를 피울 수 있는 곳은 없었다. 자판기에서 커피를 뽑아 마셨다. 대기실에 설치된 커다란 텔레비전에서 방송되는 테니스 경기를 보았다. 병원 유리문을 열고 들어오는 사람들을 구경하기도 했다. 환자들은 특유의 집중력으로 한 방향으로만 걸었다. 진료과 팻말을 보거나 방향을 확인할 때도 목이나 어깨를 최소한의 각도로만 돌려 방향을 바꿨다. 건강한 사람들은 보란 듯이 부산했다. 고개를 홱홱 돌려 방향을 확인하고 빠른 걸음으로 직진하다 돌연 방향을 틀어 되돌아갔다. 몸 전체가 빠짐없이 출렁였다.

주혁은 그들을 흉내 내 고개를 홱 돌려보았다. 목 뒤가 뻣뻣해지고 머리가 징 울렸다. 그럼에도 뭔가 재빨라진 느낌이었다. 고라니나 누 같은, 민첩하고 발 빠른 짐승이 된 기분이었다. 주혁은 엘리베이터를 기다리는 동안 홱홱 고개를 돌렸다. 복도 끝에서 멧돼지가 나타나면 뒷다리로 힘껏 지면을 걷어차 도망치기라도 할 것처럼.

병실 반대편 침대는 비어 있었다. 주혁은 프레임 위로 드러난 회색 매트리스를 바라보았다. 환자도 낯빛이 푸른 여자도 없었다. 사물함에 옷가지와 물병, 티슈 같은 것들이 여전히 널려 있는 것에 비해 침대 위만 거짓말처럼 깨끗했다. 그 옆에서 사람의 얇은 등이 움직거렸다. 짐을 정리하러 온 가족이거나 환자의 부고를 놓친 방문객인 모양이었다. 방문객은 이제 곧 자신의 신분이 조문객으로 변경되었다는 사실을 알게 될 것이었다. 침대 밑에 뭘 떨어뜨렸는지 그의 등은 한참을 올라오지 않았다.

—도와드릴까요?

주혁이 물었다.

—다 됐소.

노인의 목소리가 대답했다. 달각, 하는 작은 소리와 함께 노인이 몸을 일으켰다. 머리가 올라온 뒤에야 주혁은 노인이 주방 위생모처럼 생긴 희고 납작한 모자를 쓰고 있다는 것을 알았다. 두꺼운 마스크가 노인의 얼굴 절반을 감싸고 있었다. 노인은 품이 큰 흰색 유니폼 차림이었다. 몸판과 소매와 다리 부분이 정확히 사각형으로 재단되어 있어 우스꽝스러워 보였다.

—병실 청소해주시는 분인가요?

—아니.

노인은 오른손에 들고 있던 긴 집게를 털었다. 희고 가느다란 물체가 집게 끝에 잡혀 있었다. 매끈하고 흠 하나 없는 표면이 꼭 분필처럼 보였다. 왼손에 든 작은 사각함에 그것을 담은 노인이, 그 모습을 물끄러미 바라보고 있던 주혁을 향해 말했다.

—난 수거인이오. 이걸 수거하러 왔지.

—그게 뭔데요?

—글쎄. 이게 뭘까. 안테나? 피뢰침?

노인이 희미하게 웃었다. 마스크로 얼굴을 온통 가리고 있는데도 웃고 있다는 게 그대로 전해졌다.

—이게 뭔지는 저 애가 아오. 내가 방금 일러줬으니.

—저 애요?

—저 애. 반 말이오.

노인의 집게가 주혁의 침대 옆 선반을 가리켰다. 두루마리 화장지 심지에 꽂혀 있던 반이 부르르 몸을 떨었다.

*

반은 내내 말이 없었다. 노인이 누구인지, 그가 주워 간

희고 매끈한 분필 같은 게 무엇인지도 말하지 않았다. 생김새만 봐서는 딱 네 동료 같던데. 주혁이 슬쩍 떠봐도 반응하지 않았다. 애초에 목소리를 낼 줄 몰랐다는 듯 반의 침묵은 견고했다.

퇴원 허가가 떨어진 뒤 주혁은 누나에게 이주경에 대해 물었다.

—누나인가 하는 사람이랑 어렵게 연락이 닿았대.

—누나?

—간호사 말로는 이주경을 간호하러 온 누나가 더 환자 같다고 하더라. 이주경이 자기 머리 싸맨 붕대를 풀어서는 누나 손목이랑 자기 손목을 묶어놓고 지낸대. 오염된 붕대라 안 된다고 간호사가 말리는데도 부득불. 뭐 복잡한 사연이 있는가 봐.

—…….

—그쪽 누나한테 전화해서 없던 일로 하자고 했어. 서로 충분히 다쳤으니 괜히 일 복잡하게 만들지 말자고. 고맙다고 하더라. 고맙긴 한데 너한테 사과하러는 못 오겠대. 너무 미안해서 그런가?

누나의 집으로 돌아온 뒤 주혁은 방에서 내리 이틀을

잤다. 벽장만 한 방이 더없이 아늑하게 느껴졌다. 가끔 잠에서 깨면 누나가 툴툴대며 신단을 닦는 소리가 들렸다. 세상에나 초가 하나도 안 줄었네. 거미줄 안 생기게 조심하라니까 이게 뭐야. 물건 짝이 안 맞는데 뭐가 빠진 거지, 대체 뭐야? 주혁 들으라는 듯 떠드는 소리들을 헤아리다 보면 다시금 잠이 몰려왔다. 희고 가느다란 모래에 온몸이 파묻힌 것처럼 고요하고 깊은 잠이었다. 부드럽게 이완된 혈관을 따라 느리게 피가 돌았다. 잠에 파묻힌 뒤에는 어떤 소리도 들리지 않았다. 어떤 음파도 주혁의 몸에 기어들지 않았다.

사흘째 되던 날 주혁은 방에서 나왔다. 주혁의 누나가 묵은 달력을 찢어내고 있었다. 일월과 이월, 삼월이 차례로 뜯겨 나가자 유채꽃이 만발한 배경의 사월 달력이 드러났다. 벌써 사월 중순이었다. 집 안을 휘도는 공기가 따뜻하고 상냥할 만도 했다.

—오래도 잔다.

주혁의 누나가 뜯어낸 달력을 아무렇게나 바닥에 던졌다. 주혁은 그것을 집어 각각의 달이 쓰인 숫자들을 더듬었다. 흔적 없이 흘러가버린 시간이 손에 쥐여져 있으니 이상했다. 이런 식으로 몇 달, 몇 년이 흘러가버렸다니.

—근데 너 봉신암 만났어? 어제 만나러 갔다가 이상한 소릴 들었는데.

—부고?

—부고가 왜 이상한 소리야. 그거 말고, 너 귀신 씌었단 소리.

반이 꽂혀 있는 화병을 흘금 돌아본 주혁의 누나가 다시 물었다.

—저게 그거야?

—응.

—저게 귀신이라고? 어쩌다가?

—몰라. 귀신인지 아닌지도 모르겠고. 그 사람은 괜찮아? 동생 유서는 찾았대?

—사천왕이 밟고 있는 걸 찾았다나 봐. 사천왕을 돼지 동상이라고 말하는 건 너밖에 없을 거다. 무식하기는.

뭐라고……. 주혁은 거기까지 말하고 숨을 골랐다. 뭐라고 쓰여 있었대?

—너무 지쳤습니다.

주혁의 누나가 대답했다.

—너무 지쳤습니다. 그렇게 한 줄만 써놨더래. 다섯 장이나 되는 종이는 전부 백지고, 마지막 장 뒷면 귀퉁이에

만 그렇게.

유서 쓸 기력도 없었나 보지. 매정한 년 같으니. 누나의 목소리가 무겁게 가라앉았다. 유서조차 쓸 수 없을 만큼 지친다는 건 어떤 걸까. 그럼에도 기어이 지쳤다는 한 마디를 남겨놓는 그 마음은 또. 주혁은 다섯 장의 백지를 앞에 내려둔 사람처럼 오래 생각했다.

—누나.

—응?

—그 사람 연락처 알아?

—누구? 봉신암?

—영주.

주혁의 누나가 눈을 크게 떴다.

—영주를 만나고 싶어. 어디 사는지 누나가 알면 한번 찾아갈까 싶은데.

그것은 돌연한 생각이 아니었다. 반과 만난 이래로 주혁은 매일같이 영주를 떠올렸다. 매일같이 수아를 떠올렸다. 지금까지와 다를 바 없는 지극한 일상이었으나 용암처럼 들끓던 열기가 빠져나가자 비로소 시야가 트였다. 영주와 수아의 기억이라 여겼던 지점에는 연기와 먼지만

이 그득했다. 고통과 증오와 죄책감과 정의하기 어려운 감정들이 만들어낸 더께였다. 그것에 짓눌려 수아는 보이지도 않았다. 수아의 얼굴에 손을 갖다 댈 수도 기억을 온전히 보듬어 안을 수도 없었다. 시커멓게 피어오른 연기가 기름 얼룩처럼 그들의 이름을 더럽혔다. 주혁은 이제 그 이름들을 꺼내고 싶었다. 맑은 물에 헹궈 소중히 품에 안고 싶었다.

달력을 내려놓은 주혁의 누나가 벌떡 일어났다. 화가 날 법도 했다. 지난 십오 년간 누나는 끊임없이 주혁을 설득해왔다. 초반 삼사 년은 특히 심해서, 영주 얘기를 며칠씩 이어가는 날도 있었다. 주혁의 누나는 그들이 왜 이 슬픔을 함께 견뎌내려 하지 않는지 의아해했다. 같은 고통을 겪은 사람끼리 보듬고 격려해줘야지. 누나가 울분에 차 말하면 주혁도 똑같이 되받았다. 같은 고통을 겪었으니까 안 되는 거야. 똑같이 후회하고 똑같이 증오하고 똑같이 절망했는데 무슨 수로 서로를 보듬어? 무슨 수로 서로를 용서하느냐고!

다용도실 옆 통로에서 부산히 움직이던 주혁의 누나가 귤 박스 하나를 들고 나왔다. 주혁도 본 기억이 있는 박스였다. '제주귤/특/20kg.' 면이 반듯하고 모서리가 빳빳한, 그러나 안은 텅 비어 있던 박스.

—매년 우리 집으로 귤이 한 박스씩 배달돼.

—귤?

—영주가 농사지은 귤이야. 편지가 들어 있을 때도 있어. 귤 농사를 짓는 틈틈이 어린이안전재단 일을 한다고. 체험관 안내를 맡았다고 할 때도 있고, 안전교육 봉사활동을 나간다고 할 때도 있어. 어느 때는 자기가 만든 거라며 투명 우산을 몇 개씩 보내주기도 해. 동네 아이들 나눠주라고.

주혁의 누나가 귤 박스 옆면을 지그시 눌렀다. 이단으로 인쇄된 검은 표 안에 품종, 산지, 등급, 무게가 차례로 체크되어 있었다. 오른쪽 칸에 적힌 것들을 주혁은 물끄러미 들여다보았다. 생산자 오영주, 생산지 주소, 전화번호.

—슬픔을 극복하는 데 어느 만큼의 시간이 필요한지 난 모르겠다. 그게 극복이 되는 건지도 모르겠고. 그래도 있잖냐. 십오 년이면, 십오 년이면 그래도 니들이 서로 마주 볼 만큼은 정리가 되지 않았겠냐. 그리움이든 연민이든 그게 무슨 감정이든 간에.

*

날이 흐렸다. 해가 진 뒤엔 이 정도 두께의 어둠이 당연한 건지 해무가 유난한 건지 알 수 없었다. 이렇게 늦은 시간에 선착장에 서 있는 것 자체가 처음 겪는 일이었다. 주혁은 줄곧 허름한 도시들을 떠돌며 살았으나 그 도시 끝에 놓인 것이 바다인 적은 한 번도 없었다. 그럼에도 지금, 인천의 한 선착장에 서 있는 게 당연하다고 느껴졌다. 해가 뜰 때까지 도무지 기다릴 수가 없었던 것이다.

지금이라면 이른 아침부터 문을 밀고 들어오던 사람들의 심정을 이해할 수도 있을 것 같았다. 제주도행 배편을 알아보고 티켓을 구매하는 동안 주혁은 담배가 너덜너덜해질 때까지 필터를 씹었다. 실내에서 담배를 피우려는 줄로 오해받아 저지당한 뒤에는 껌을 사서 턱이 아파올 때까지 씹었다. 출발 시간까지 한 시간이 넘게 남아 있었다. 배는 늦은 저녁 출항해 밤새 물살을 가르고 달린 뒤에야 주혁을 목적지에 토해낼 것이다. 너무 긴 시간, 너무 긴 항로가 남아 있었다.

주혁은 초조함을 감추지 못하고 선착장으로 나갔다. 안개는 조금도 걷히지 않았다. 바다 특유의 비린내와 기름 냄새, 뼈 없는 날것들이 부패한 냄새가 뒤섞여 올라왔다.

—아저씨.

불쑥 들려온 목소리에 주혁이 몸을 떨었다. 겨울 점퍼를 입고 나오려던 주혁을 붙잡은 사람은 주혁의 누나였다. 너 그러고 가면 노숙자인 줄 알아. 옷장과 싱크대를 전부 헤집은 다음에야 주혁의 누나는 사이즈가 넉넉한 봄점퍼를 찾아냈다. 점퍼 주머니에 돈이며 담배며 이것저것을 채워 넣어준 줄은 알았지만 안주머니에 나뭇가지까지 넣어준 줄은 몰랐다. 주혁은 희미한 죄책감을 느끼며 반을 꺼냈다. 이주경의 일로 반이 의기소침해 있다는 걸 알면서도 신경 써주질 못한 데다, 누나의 집에 팽개쳐둔 채 나올 뻔했기 때문이었다. 선착장으로 달려올 때까지 주혁은 반의 존재 자체를 까맣게 잊고 있었다.

—아저씨, 만약에요.

—응.

—아저씨가 어떤 책 속에 있는 글자라고 해봐요. 아저씨는 그 책을 구성하는, 절대 지워져서는 안 되는 중요한 글자 중 하나예요. 아저씨가 있어야만 책의 완벽함이 유지된다고 줄곧 믿으며 살아왔어요. 그런데 어느 날 문득

깨닫게 된 거예요. 완벽한 책의 유일한 오점이 아저씨라는 사실을. 아저씨는 절대 빠져서는 안 될 글자 중 하나가 아니라 누군가 실수로 찍어낸 오자였던 거예요.

—오자? 틀린 글자?

—네. 그럼 아저씨는 어떻게 하실래요?

—뭘 어떻게 해?

—아저씨가 사라져야만, 완벽하게 지워져야만 책이 완벽해진다면.

—그럼 지워져야지.

—…….

—그런데 완벽한 책이란 게 그렇게 허술해도 되는 거야? 오자 하나 찍혔다고 망가진다니 그럴 리가 없잖아. 사실은 그 책이 처음부터 별 볼 일 없는 책이었든가, 이런저런 흠결이 있었던 걸 거야. 아니면.

—아니면?

—글자가 엄청나게 착각하고 있는 거지. 자신이 그 책을 좌지우지할 만큼 대단한 존재라고.

반이 파르르 몸을 떨었다. 웃고 있구나, 라고 주혁은 생각했다. 보지 않아도 알 수 있었다. 주혁은 반이 들어 있는 쪽 가슴을 가볍게 토닥였다.

안개 속에 계속 서 있자니 몸에 한기가 돌았다. 습기가 스며들어 어깨며 소매가 축축하게 젖어 있었다. 주혁은 주위를 둘러보았다. 배를 타기 전 뭔가 먹어두는 게 좋을 듯했다. 걸쭉한 육수로 맛을 낸 국밥이나 말간 국물 우동 같은 걸 먹으면 몸이 데워질 것이다. 전골냄비에서 부글부글 끓는 달짝지근한 버섯불고기를 먹을 수 있다면 선착장에서 좀 멀리 떨어진 곳까지 걷는 것도 괜찮을 것 같았다. 뜨거운 음식을 떠올리자 견딜 수 없을 만큼 허기가 밀려왔다.

식당으로 보이는 가게들은 선착장 반대편에 있었다. 낮게 늘어선 상점 간판이 희거나 노랗게 빛났다. 습기에 번진 불빛이 주변으로 둥글게 퍼져 있어 괜히 친숙하게 느껴졌다. 영주의 자취방을 비추던 노란 가로등과 높이며 조도가 흡사한 탓이었다. 그 방에 지금은 누가 살고 있을까. 누가 그 방을 올려다보며 알전구를 갈아 끼우는 상상을 하고 있을까.

주혁이 좁은 도로를 질러 건너려는데 뒤쪽에서 부르는 소리가 들렸다.

—선녀님!

주혁이 고개를 홱 돌렸다.

—선녀님! 선녀님, 저예요!

여행객들이 모여 있는 대합실에서 아이 하나가 양팔을 들고 펄쩍펄쩍 뛰고 있었다. 선녀님, 하고 아이가 외칠 때마다 와르르 웃음소리가 번졌다. 주변을 겹겹이 둘러싼 안개가 맑은 소리에 밀려 흩어졌다 다시 모이길 반복했다. 캐리어와 아이들 무리가 그득한 걸 보니 그때 말했던 수학여행 출발지가 이곳인 모양이었다.

아이와 마주앉아 라면을 나눠 먹던 때가 아주 먼 옛날처럼 느껴졌다. 파를 잔뜩 썰어 넣은 라면을 먹는 내내 훌쩍거리던 아이의 작은 코가 떠올랐다. 수아도 종종 코를 찡긋거리며 맑은 콧물을 흘리곤 했었다. 무와 부추를 넣고 끓인 어묵탕에서 유부주머니를 건져 먹던 수아의 얼굴. 콧물을 닦아주던 영주의 손. 주혁이 눈을 깜박였다. 저 아이도 뜨거운 국물을 먹으러 가면 좋을 텐데.

주혁은 아이를 향해 어정쩡하게 손을 흔들어 보이고는 다시 걸음을 옮겼다. 점점 빠른 걸음으로, 뛰듯이 도망치면서 주혁은 피식피식 그들을 따라 웃었다.

—저 애 역시 좀 이상하지?

—안 이상한 데가 없다니까요.

—그랬지, 참.

낮은 건물들 사이로 불이 켜진 간판을 헤아리며 주혁은 멀리, 더 멀리 걸어 나갔다. 편의점이 있으면 꿀차를 하나 살 텐데. 샛노란 바탕에 꿀벌 한 마리가 그려져 있던 촌스러운 용기를 떠올리자 아련한 마음이 들었다.

오래전엔 편의점 꿀차를 250원에 살 수 있었다. 두툼한 종이컵 안에 꿀이 담긴 채 밀봉된 것으로, 뚜껑을 열어 온수를 부으면 바로 꿀차를 마실 수 있는 간편용이었다. 술을 많이 마시고 영주의 자취방을 찾아가면, 영주는 주혁을 데리고 편의점에 가 꿀차를 사줬다. 숙취 음료나 차가운 음료도 있었을 텐데 꼭 뜨거운 꿀차를 사 손에 쥐여주었다. 그러면 주혁은 꿀차가 식을 때까지 영주의 손을 잡고 기다렸다. 뜨겁고 단 차를 한 모금씩 나눠 마시며 좁은 골목들을 걷는 날도 있었다. 막다른 길에 다다르면 담벼락에 등을 기대고 나란히 앉았다. 그것만으로도 밤이 지나가고 새날이 밝았다.

꿀차를 파는 곳이 아직 있으려나.

최근 반에게 꿀을 한 번도 챙겨주지 못했다는 게 마음에 걸렸다. 병원에서 퇴원한 뒤에도 꿀은커녕 올리고당 1밀리그램도 부어주지 못했다. 반이 시무룩하고 자꾸 이상한 것만 묻는 건 그 때문인지도 몰랐다. 안주머니에 손을 넣어 더듬자 반이 만져졌다. 이전보다 확실히 가늘어진 느낌이었다.

주혁은 시간을 확인했다. 배가 출발할 때까지는 40여 분밖에 남지 않았다. 서둘러야 했다. 그러나 조급한 마음이 드는 것과 동시에 정반대의 마음이 들기도 했다. 뜨거운 국물로 스스로의 몸을 데우는 일도, 반에게 꿀을 사주는 일도 둘 다 포기하고 싶지 않았다.

검은 안개를 헤치고 밤새 바다를 가로지르면 아침 일찍 영주와 만날 수 있을 것이다. 그러나 주혁은 차게 식은 몸과 허기진 낯빛으로 영주와 마주하게 될 것이다. 몸을 데우고 반을 달랜 뒤 공항으로 옮겨간다면 한낮에는 영주를 만날 수 있을 것이다. 그러나 그때까지 용기가 남아 있을지 확실치 않았다. 어느 쪽을 선택하든 절반의 후회가 남을 것이다. 그렇다면.

주혁은 고개를 홱홱 돌리며 걸었다. 어깨가 들썩이고 팔이 가슴께까지 솟구쳤다. 몸이 크게 흔들리는데도 반은 멀미가 난다느니 자신을 소중히 여기라느니 하는 평소의 투덜거림을 내뱉지 않았다. 어느 쪽이든 마찬가지라면 주혁은 꿀차를 사고 싶었다. 이왕이면 그때 그 꿀차를, 꼭 그것을 반에게 사주고 싶었다. 따뜻한 한 모금을 입에 머금는 것만으로도, 나란히 어깨를 맞대고 앉아 있는 것만으로도 새날이 밝아올 수 있음을, 서로에게 위로와 용기가 되어줄 수 있음을 반에게 알려주고 싶었다. 아니, 어쩌면 반은 이미 알고 있는지도 몰랐다. 설탕이든 꿀이든 물엿이든 달기만 하면 되는 것이 아니었다. 진꿀 한 스푼 앵무새 설탕 한 조각이 필요한 때가, 단 하나의 그것이 필요해지는 순간이 분명히 존재했다.

주혁은 반이 들어 있는 안주머니를 손바닥으로 소중히 눌렀다. 반. 반은 대답하지 않았으나 주혁은 걸음을 멈추지 않았다.

벚꽃향이 지독한 사월이었다.

반은 고작 구부러진 나뭇가지 하나일 따름이었다.

작가의 말

그해 나는 고3이었고, 논술 때문에 매일 신문 사설 스크랩을 하고 있었다. 집에 배달되던 신문은 구독 사은품이 적당했을 뿐 가족 누구의 취향도 아니었다. 신문은 신발장 옆에 쌓여 묵은내를 풍기다 고기를 구워 먹을 때나 엄마가 부추를 다듬을 때, 학교에서 폐지를 내라고 독촉할 때 한 묶음씩 끌려 나왔다. 활자와 전혀 관계없는 일로 구겨지거나 통째로 사라졌으니 그 안에 든 기사들 대부분은 나와 무관했다.

그날의 기사가 내게 깊은 얼룩을 남긴 건 사진 때문이었다. 신문 1면에 실린 사진은 그저 새까맣기만 했다. 거대한 발로 걷어차인 듯 한쪽으로 쏠린, 수련원 건물이라 불렸던 불탄 컨테이너들을 나는 오래도록 잊지 못했다. 1999년 6월 30일. 모든 사람이 모두 다른 방식으로 상처받았을 날이었다.

그럼에도 나는 그와 비슷한 사건을 적어도 다섯 개는 댈 수 있다. 모두 '인재(人災)'라는 이름하에 발생한 사건들이었다.

소설을 처음 구상할 때 나는 만들어진 죽음에 대해 쓰고자 했다. 인간이 만들어낸 죽음이 범람하는 바람에 길을 헤매는 사신(死神)과 그를 안내해주기 위해 탄생한 반. 반은 죽음의 장소로 사신을 불러들이는 안테나이자 안내자 역할이었다. 그러나 소설을 쓰는 동안 나는 자꾸 망설였다. 반의 미숙함과 상관없이 그가 마주하는 밤의 실체가 더없이 뚜렷하고 잔혹한 탓이었다.

지금 이 순간에도 어딘가에서 밤이 탄생하고 있을 것이다. 누군가가 거리에 밤의 씨앗을 흘리고, 누군가는 그림자처럼 발끝에 매달린 밤을 지르밟으며 걷고, 누군가는

폐로 스며든 밤의 기척에 뒤척이고 있을 것이다. 나는 이 모든 것이 무섭고 두렵다. 그리고,

슬프다.

2019년 가을

안보윤

밤의 행방

초판 1쇄 발행일 2019년 11월 18일
초판 2쇄 발행일 2020년 3월 16일

지은이 안보윤
펴낸이 정은영
편집 안태운 김정은
마케팅 이재욱 최금순 오세미 김하은
제작 홍동근

펴낸곳 (주)자음과모음
출판등록 2001년 11월 28일 제2001-000259호
주소 04047 서울시 마포구 양화로6길 49
전화 편집부 (02)324-2347 경영지원부 (02)325-6047
팩스 편집부 (02)324-2348 경영지원부 (02)2648-1311
이메일 munhak@jamobook.com

ISBN 978-89-544-4024-0 (03810)

이 도서의 국립중앙도서관 출판예정도서목록(CIP)은 서지정보유통지원시스템 홈페이지(http://seoji.nl.go.kr)와 국가자료공동목록시스템(http://www.nl.go.kr/kolisnet)에서 이용하실 수 있습니다.(CIP제어번호 : CIP2019043841)